Nicholas Shakespeare

Broken Hill

Aus dem Englischen
von Georg Deggerich

Hoffmann und Campe

Die Originalausgabe erschien 2015 unter dem Titel *Oddfellows* bei Vintage / Random House, Australien. Außerdem wurde sie in dem Band: Nicholas Shakespeare, *Stories of Other Places*, bei Harvill Secker, London, veröffentlicht.

1. Auflage 2016

www.hoca.de
Gesetzt aus der Albertina
Satz: Dörlemann Satz, Lemförde
Druck und Bindung: CPI books GmbH, Leck
Printed in Germany
ISBN 978-3-455-40544-6

HOFFMANN UND CAMPE

Ein Unternehmen der
GANSKE VERLAGSGRUPPE

I

Es ist kurz vor zehn Uhr am Neujahrstag des Jahres 1915, und an der Bahnstation Sulphide Street warten die Ausflügler in der prallen Sonne. Hüte und Schirme bieten den 1239 Männern, Frauen und Kindern, die in den offenen Erzwagen sitzen oder stehen, piksende Weidenkorbgriffe umklammern, sich den Schweiß von den Schläfen wischen und mit den Fingern zeigen, nur wenig Schutz.

Das Thermometer zeigt 38 Grad im Schatten.

Seit August haben viele von ihnen hier Freiwillige verabschiedet, die sich zum Dienst in den Commonwealth Expeditionary Forces gemeldet haben. Heute steigen sie selbst vom Bahnsteig in einen Zug. »Broken Hill« steht in schwarzer Farbe auf einem weißen Schild.

In frisch gewaschener Sommerkleidung eilen die letzten Fahrgäste über den Bahnsteig und klettern in die von der Silverton Tramway Company mit Wasserschläuchen gereinigten Waggons.

Im vierten Wagen hinter der Lokomotive, die gerade aufgeheizt wird, erzählt Mrs Rasp, eine rundliche, flachgesichtige Frau, deren männliche Züge manch einen an den

Premierminister erinnern, Mrs Kneeshaw mit atemloser Stimme von dem Brief ihres Sohnes Reginald.

Sein Infanterietrupp ist in Ägypten angekommen!

»Er sagt, der Kanal sei nur 30 Meter breit … und kilometerweit sei kaum ein Baum zu sehen. Man könnte glauben, man sei in der Umgebung von Broken Hill.« Sie wischt sich eine Schweißperle vom Nasenrücken und fächelt sich wieder Luft zu. »Sie sind in der Nähe des Ortes, an dem die Kinder Israels das Rote Meer durchschritten haben sollen.« Ihr Strohhut flimmert bei dieser Nachricht im Sonnenlicht; sie hat ihn extra für diesen Picknickausflug im Textilgeschäft in der Argent Street gekauft.

Mrs Rasp ist weiß wie Mehl, groß und unförmig, so wie ihre Gedanken und plumpen Äußerungen. Als Vorsitzende der League of the Helping Hand betrachtet sie die Meinungen anderer mit jener Gleichgültigkeit, die man häufig mit einem Doppelnamen verbindet. Ihr runder Kopf sticht unter dem strohblonden Haarkranz hervor. »Er möchte, dass ich ihm eine Sturmmütze für die Nacht schicke, da er im europäischen Winter wahrscheinlich eisigen Temperaturen ausgesetzt ist«, sagt sie, darauf bedacht, Mrs Kneeshaws Aufmerksamkeit nicht zu verlieren.

Die sitzt ihr in einem rosafarbenen Seidenkleid stumm gegenüber, hält schützend ihre Hand über die zusammengekniffenen Augen und sagt nichts.

Winifred Kneeshaw betreibt seit September die Teestube des Roten Kreuzes in der Argent Street. Sie ist eine elegante Frau, die ihre Ausbildung beim Ortsverband des Roten Kreuzes abgeschlossen und eine Urkunde für ihre Kenntnisse im Sanitätswesen erworben hat – später wird sie sagen, sie hätte nicht gedacht, ihr Wissen so schnell einsetzen zu müssen. In der Hitze fällt es ihr schwer, ihre Aufmerksamkeit Reginald Rasp in Ägypten zu schenken.

Dies ist ein Tag, einmal nicht an die Abwesenden zu denken und die leidigen Gedanken an den Krieg beiseite zu schieben. Jeden Moment wird ein schriller Pfiff ertönen, und der Zug wird schnaubend aus dem Bahnhof rollen, nicht um seine gut gelaunte Fracht nach Adelaide und von dort über den Indischen Ozean nach Suez zu bringen, sondern vierzehn Meilen in nordwestlicher Richtung, entlang der Schmalspurstrecke nach Silverton.

Der Neujahrstag ist der Tag des Manchester Unity Independent Order of Oddfellows, einer gemeinnützigen Loge, und das von ihr veranstaltete Picknick ist das größte gesellschaftliche Ereignis des Jahres in Broken Hill. Der heutige Tag gehört denjenigen, die zurückgeblieben sind, zumindest was Mrs Kneeshaw hinter ihren abschirmenden Fingern betrifft. Eine Gelegenheit für alle zusammenzukommen und, nach einer Zeit der schwersten Prüfung in der Geschichte der Stadt, ihren Gemeinschaftssinn zu demonstrieren.

Sechzehn Jahre lang wurden die in Broken Hill geschürften Metalle mit der Eisenbahn nach Port Pirie transportiert und von dort nach Freiberg in Sachsen verschifft, dem »Mekka der Erze«, um daraus Kugeln für die Gewehre des Kaisers zu fertigen. Aber Australien befindet sich im Krieg mit Deutschland. Seit fünf Monaten türmen sich Berge von Zink- und Bleikonzentrat unberührt auf dem Gelände. Verlassen, genauso wie der German Club in der Delamore Street.

»Ich wünschte, wir könnten uns etwas von Reggies kühlem Wetter borgen«, murmelt Mrs Kneeshaw und wischt sich mit dem Saum ihres Kleids das Auge, wobei sie Mr Dowter, der aufrecht wie in der Kirchenbank neben Mrs Rasp sitzt, einen Blick auf ihren leuchtend weißen Unterrock gewährt.

Um nicht durch ein rasches Wegdrehen auf sich aufmerksam zu machen, blickt Clarence Dowter weiter starr und mit geschürzten Lippen in Richtung der hervorschauenden Unterwäsche von Mrs Kneeshaw. Er ist der Hygieneaufseher der Stadt und hat sich bereiterklärt, beim 75-Meter-Lauf der Frauen auf dem Picknickgelände als Schiedsrichter zu fungieren. Ein kleiner, traurig dreinblickender Ire mit heruntergezogenen Mundwinkeln, die Stirn so verbeult wie sein Homburg, einem Schopf blauschwarzen Haars, das einen seltsamen Kontrast zu seinem spärlichen, viel helleren Bart bildet, und schmalen grauen Augen, denen nichts entgeht. In der brennenden Sonne scheint sein ausgehöhltes Gesicht jeden Moment zu zerfließen. Den Kopf leicht zur Seite geneigt, klopft er mit seiner Zigarette auf sein Silberetui, um nach einer für ausreichend befundenen Zeitspanne den Blick auf Mrs Lakovskys Baby zu richten.

»Verausgab dich nicht, Mann!«

Mrs Rasp sieht sich mit offenem Mund um, um festzustellen, wen Roy Sleath, der Sohn des Polizisten, auf sich aufmerksam machen möchte.

Es ist nicht schwer, den jungen Mann zu erkennen, der elegant an Bord springt, eine prall gefüllte Papiertüte unter den Arm geklemmt. Er ist einer der athletischeren Typen unter den Bergarbeitern von Broken Hill, schlaksig, mit rotblondem Haar und einer spitzen Nase.

»He, Ollie, hier drüben!«

Doch der Angesprochene winkt nur ab und bleibt vor Lizzie Filwell stehen, einer blassen Vierzehnjährigen mit dunkelbraunen Haaren und frühzeitig zerfurchter Stirn, und öffnet ihre Hand. Dann lässt er zum sichtlichen Entzücken des Mädchens einen gelben Pfirsich hineinfallen. Er plaudert mit ihren Eltern, die links und rechts von ihr sitzen, sieht sich kurz um, verschwindet für einen Moment aus dem Blickfeld, taucht dann hoch aufgerichtet vor Roy auf, stupst ihn unters Kinn und geht weiter.

Für Lizzies ältere Schwester Rosalind, die im gleichen Wagen sitzt, verspricht der Tag ein bedeutsames Ereignis.

Rosalind trägt ein weißes Kleid, das ihr bis zu den Knöcheln reicht, die sie sich, genau wie ihre Hände und Füße, zierlicher wünschte, dazu einen granatapfelfarbenen Filzhut mit einem Schleier aus Musselin zum Schutz vor der Sonne und den Fliegen. Ihr dichtes schwarzes Haar ist über ihrem ovalen Gesicht zu einem französischen Knoten gesteckt. Die tief sitzenden, haselnussbraunen Augen liegen im Schatten, sodass ihr Gesicht je nach Lichteinfall attraktiv oder unauffällig wirkt. Als sie Oliver Goodmore fixieren, den Mann, der durch die Menge auf sie zukommt, sieht sie müde aus.

Einen Monat vor ihrem zweiundzwanzigsten Geburtstag ist Rosalind überzeugt, dass Oliver die Ereignisse dieses Nachmittags – das Picknick unter den Pfefferbäumen, das Verteilen von Puppen und Lutschern, die Laufwettbewerbe (bei denen man glänzende Leistungen von ihm erwartet) – nutzen wird, mit ihr am ausgetrockneten Flussbett entlang zu gehen, wo es keine starke Brise und keinen aufgewirbelten Staub gibt, um ihr einen Antrag zu machen.

Sie weiß es deshalb, weil ihre beste Freundin Mary Brodribb, die ihr gerade vom nächsten Wagen aus zugewinkt hat, Oliver persönlich dabei behilflich war, in Harveys Schmuckgeschäft den Verlobungsring auszusuchen.

Aber will Rosalind das überhaupt?

Sie sieht zu ihm auf, wie er blinzelnd auf sie herablächelt, mit dem schmalkrempigen Hut und dem tief ausgeschnittenen Flanellhemd seine Haut der grellen Sonne aussetzt. Er hat einen Fahrschein für die zweite Klasse, aber er benimmt sich, als säße er in der ersten.

Er schwingt ein Bein über das Holzbrett, das Mrs Rasp zuvor mit ihrem Fächer von Staub befreit hat, und hält ihr seine Papiertüte hin. »He, Ros, steck die in deinen Korb, ja, wie ich mich kenne, lass ich sie sowieso nur fallen.«

Während ihre Hände damit beschäftigt sind, seine Pfirsiche und Äpfel zu verstauen, streckt er seine Hand aus und streicht mit seinem dicken Zeigefinger, dessen Nagel ein Trauerrand ziert, über ihre Wange.

»Hast du an Toms Motorrad herumgeschraubt?«

Er antwortet nicht und scheint über irgendetwas verwundert.

»Ich habe dort drüben nach dir gesucht«, sagt er und zwängt sich neben sie auf die provisorische Holzbank. »Ich dachte, du wärst bei Lizzie.«

2

Rosalind war früh aufgestanden, nachdem ein Hund sie geweckt hatte. Sie hatte im Bett gelegen und dem lauter und wieder schwächer werdenden Jaulen gelauscht. Bei Tag ein harmloses Geräusch, durchfuhr sie das Geheul jetzt wie die geisterhafte Stimme ihres Bruders und peitschte ihre Gedanken in der Hitze des kleinen Schlafzimmers zu einem Strom wirrer Ängste auf, der sie donnernd davontrug.

Sie schlug das Laken zurück und schlüpfte aus dem Bett. Ihr Schatten folgte ihr über die Dielen, während sie sich vorsichtig durch das Zimmer tastete, vorbei an dem Nachttopf, den ihr Vater ersteigert hatte, als Ratsherr Turbill nach Adelaide ging, um den mit Bändern und Tüchern geschmückten Beistelltisch herum, der sogar einen eigenen Spiegel hatte – ovalförmig in einem Silberrahmen, an dem eine unbenutzte Handtasche, ein Erbstück ihrer Großmutter, hing –, und weiter bis ans Fenster. Rosalind stieß es ein Stück auf und sog unwillkürlich die Luft ein. Sie roch nach Salzbusch und erinnerte sie daran, wie fremdartig die Gerüche der Nacht im Vergleich zu denen des Tages waren und mehr mit dem Heulen gemein hatten, das von jenseits der Halde zu ihr herüberdrang.

Immer wenn Rosalind aus dem Schlafzimmer blickte, das sie bis zu seinem Tod vor drei Jahren mit William geteilt hatte und seither mit ihrer jüngeren Schwester Lizzie teilte, die im Schlaf in ihrem schmalen Bett vor sich hin murmelte, ragte dort, sechshundert Meter weit entfernt, der Schlackeberg empor. Er thronte über der Stadt wie ein riesiger Schlapphut, der einen weiten, unliebsamen Schatten warf.

Normalerweise wäre die gigantische Abraumhalde ein Schutzwall für Rosalinds irrlichternde Gedanken gewesen. Aber ihre Gedanken gehorchten ihr nicht. Sie starrte auf die schwarze Silhouette und spürte eine verwirrende Anziehungskraft. Als ob der Berg seine dunklen Hände nach ihr ausstreckte und ihren Schatten mit dem seinen verschmelzen wollte.

Rosalind hatte ihn oft bei Tageslicht bestiegen – mit Oliver, und zuvor mit William. Von oben blickte man auf Broken Hill wie auf eine Spielzeugstadt herab.

Sie sah sich zwischen den rauchenden Schloten hindurch hinabschauen: auf das Haus ihrer Eltern in der Rakow Street, die Wiese mit den Milchkühen und dem kaputten Gespann, über die verzinkten Dächer und einfachen Hütten von North Broken Hill, über die auf Winkeleisen thronenden Wassertanks, die aussahen, als wollten sie losmarschieren, über die von einer Kamelkarawane aufgeworfene Staubwolke, über den mit Salzbüschen und Schlangenkraut bewachsenen roten sandigen Lehmboden hinweg, Meile um Meile, bis nach Silverton. Dies waren Umfang und Begrenzung ihrer Welt, eingezwängt zwischen dem Umberumberka Creek in Silverton, wo die Morgendämmerung über dem trockenen und öden Tafelland heraufzog wie – womit hatte er es noch verglichen? – zwei leuchtende Ochsenhäute, und dem Schlackeberg, der sich finster über die Straßen erhob.

Es war in der Tat eine trostlose Welt. Die einzige Abwechslung im monotonen Einerlei der Tage war die Eisenbahn.

Sydney befand sich 2327 Eisenbahnkilometer entfernt, und die Fahrt über Adelaide, Melbourne und Albury kostete genauso viel wie die Schiffspassage nach London. Wahrscheinlich würde sie das Meer ein Leben lang nur als Fata Morgana sehen.

Auf der gestreiften Tapete zeichnete sich der Schatten ihrer Brüste unter dem eng anliegenden Nachthemd ab.

Williams Abwesenheit hatte ein Gefühl der Rebellion in ihr ausgelöst. Seit seinem Tod fürchtete sie alles und nichts.

Ihre Finger drückten den Fensterknauf, bis es schmerzte. All diese dummen Fragen, wen sie heiraten werde. Komm zur Vernunft, Rosalind. Ihre bloß geflüsterten Worte in der Dunkelheit lösten ein Zucken im Bett hinter ihr aus.

Plötzlich wollte sie verschwinden. Nicht mehr hier sein,

in diesem Zimmer, mit ihrem Schatten an der Wand und Lizzies Stöhnen, das sie stets dann hören ließ, wenn ihre Blase voll war. Schon zwei Mal hatte Rosalind ihre Schwester in dieser Nacht geweckt und ihr auf den Nachttopf geholfen.

In ihrem Schmerz um William schienen die Eltern Lizzies Handikaps vergessen zu haben. Die Verantwortung lag nun ganz bei Rosalind. Aber sosehr Rosalind ihre kleine Schwester auch liebte, sie wollte fort.

Wenn sie nur mit einem der Sterne am Himmel tauschen könnte.

Sie betrachtete sich als ebenso entwickelt wie sie. Sie wusste, was sie wollte. Sie wusste, dass man nichts geschenkt bekam, kannte alle Preise im Textilgeschäft von Stack & Tyndall's, wo sie hinter der Ladentheke stand. Sie konnte sich ihre Zukunft mit Oliver ausmalen. Dazu bedurfte es nicht viel Phantasie. Selbst Lizzie hätte es in einer ihrer normalen Phasen gekonnt.

Sie drehte sich, und ihr Schatten bewegte sich mit. Die anderen Frauen sagten ihr immer wieder, dass sie eine gute Figur habe. Rosalind wagte nicht, darüber nachzudenken, was das bedeutete.

Sie hielt den Fensterknauf noch immer umklammert und beugte sich nach vorn, von einem anderen Gedanken geschüttelt: wie seine rauen Finger sie berührten und ihre Körper Nacht für Nacht zusammenkamen.

Ihre Gedanken bäumten sich auf, und sie riss sich zusammen. Es war furchtbar, sich in einem Zustand solcher Verwirrung zu befinden.

Die Sterne glitzerten im Wassertrog vor dem Freiberg Arms Hotel und auf den dahinter verlaufenden Gleisen. Ihr Blick folgte dem eisernen Schienenstrang entlang der Gartenzäune in Richtung des Picton Viehmarkts. Die Gleise verliefen parallel zum Bogen des Grabens, durch den die hölzerne Wasserleitung nach Silverton lief.

Der Zug war die einzige Möglichkeit hier rauszukommen. Entweder das, oder man tauchte hinab in die Erde.

Zu Williams Lebzeiten hätte sie wahrscheinlich eine lange Schlange von Männern gesehen, die, wie Bergarbeiter überall auf der Welt, mit gesenkten Köpfen vorbeiliefen, bereit für den Abstieg in die Dunkelheit. An diesem Morgen lag die Rakow Street still und verlassen da. Seit August arbeiteten die Minen nur noch halbtags. Die Gegenwart so vieler arbeitsloser Männer auf den Bürgersteigen, in den Bars und Pensionen, ohne Hoffnung auf Arbeit, es sei denn, sie meldeten sich als Soldaten, war verstörend. Miss Pollock hatte ihnen beigebracht, dass die Aborigines diese Gegend Willyama nannten, was Jugend bedeutete. Einst war dies eine Stadt der Prospektoren gewesen, die nach Erzadern suchten und diese auch fanden. Jetzt gab es für einen jungen Menschen in Broken Hill nichts mehr zu tun, außer zu sterben oder fortzugehen. Oder mit dem Schiff nach Suez zu fahren.

Oliver war einer der Glücklichen und verdiente sechsundzwanzig Shilling für drei Schichten in der Woche. Er war siebenundzwanzig und vor zehn Jahren auf Drängen seines Onkels, Clarence Dowter, aus Melbourne gekommen, um ihm beim Bau der Wasserleitung zu helfen. Danach war er geblieben und hatte sich mit verschiedenen Jobs durchgeschlagen, bis ihm eine Stelle in der South Mine angeboten wurde, in der gleichen Schicht wie ihr Bruder.

In Kürze würde er sich in seinem gemieteten Zimmer in der Piper Street aus dem Bett schälen. Rosalind sah ihn vor sich, wie er Nase und Gesicht einseifte, um den Rauch und die Dämpfe und den muffigen Karbidgeruch von der Haut zu waschen, und wie er seinen Anzug für das Oddfellow-Picknick anzog. Und wie er, bevor er die Tür hinter sich schloss und zu Tom Blows Werkstatt und dann zu Alf Fiddamans Lebensmittelgeschäft lief, den goldgefassten Opal in die Tasche seines Flanellhemds steckte.

Sie fühlte sich als Geisel der Erwartungen ihrer Eltern. Oliver stand für das Leben, das sie sich für sie wünschten. Vor allem Rosalinds Mutter.

Ihrer Mutter zufolge konnte Rosalind sich glücklich schätzen, einen Verehrer gefunden zu haben. Emmy Filwell hatte ihren Sohn an das Bergwerk verloren, ihre jüngste Tochter an das Wasser in ihrem Kopf. Mit dem Mädchenüberschuss in Broken Hill wollte sie ihre zweite Tochter in sicheren Verhältnissen wissen.

Ermutigt durch Mrs Filwell, hatte Oliver Rosalind stetig und hartnäckig bearbeitet, um sie dazu zu bewegen, ja zu sagen.

Was hätte William davon gehalten?

Oliver war mit ihrem Bruder in jener Novembernacht vor drei Jahren in der South Mine gewesen. Sie hatten in 270 Metern Tiefe Gestein gesprengt, als William auf Händen und Knien davonkroch und Oliver ihn noch sagen hörte, »Ich kann's nicht finden«. Dann war da ein Geräusch, als ob etwas herabstürzte, und als er hinter ihm her kroch, entdeckte er, dass sein Kumpel achtzehn Meter tief in einen Schacht gestürzt war und dabei einen Schädelbruch erlitten hatte.

Oliver hatte an dem Gedicht mitgearbeitet, das im *Barrier Miner* erschienen war:

Frag nicht, ob wir ihn vermissen,
Dunkel ist's, wo einst sein Licht;
Wer könnt' je seine Schritte vergessen,
Und sein geliebtes, vertrautes Gesicht?

Er hatte ihr nie genau erklären können, wonach William in der Dunkelheit, auf Händen und Knien gesucht hatte.

Oliver, den alle, die ihn kannten, nur Ollie nannten (außer Rosalind), hatte die Hände und Fingernägel ihres Bruders. Er hatte eine praktische Ader und konnte mit seiner Kiste gebrauchter Werkzeuge einen Elektromotor mit geschlossenen Augen reparieren, oder einen Radiatorschlauch, oder ein verstopftes Waschbecken, und in seiner Freizeit war er Vizekapitän der Rugby-Mannschaft von Broken Hill und Schriftführer des Rifle Clubs.

Er machte kein Geheimnis daraus, wie sehr er sich freute, wenn er Rosalind sah.

Sie genoss ihre Macht über ihn. Unter dem Druck ihrer Mutter hatte sie begonnen, von ihrem Verdienst im Textilgeschäft etwas für ihre gemeinsame Zukunft auf die Seite zu legen. Oliver Goodmore würde es ihr zumindest ermöglichen, vor der morbiden Atmosphäre des Filwell Haushalts und der nagenden Verantwortung für ihre Schwester zu entkommen.

Oliver war gut zu Lizzie. Er ging ganz selbstverständlich und geduldig mit ihr um und lachte nie, wenn sie etwas Dummes tat. Rosalind mochte das.

Sie spürte an ihm eine Freundlichkeit, die ihr gefiel.

Er war anders als seine Freunde, die ständig einen über den Durst tranken. Zuweilen blitzten Intelligenz und Zärtlichkeit auf, und er war bereit, anderen zu helfen. Er konnte ziemlich bestimmend sein, aber er konnte sich auch zurückhalten, wenn er gefallen wollte. Wenn er ihr gefallen wollte, schenkte er ihr seine gesamte Aufmerksamkeit.

Daran dachte Rosalind, als sie eine Bewegung an der Ecke der Garnett Street bemerkte. Die Straße war also doch nicht gänzlich verlassen. Aus dem Schatten des

Schlackebergs sah sie ein klappriges Pferd stapfen, das einen weißen Wagen hinter sich herzog.

Der Wagen glänzte wie ein silberner Flecken, während er quietschend die Straße herabkam. Sie beugte sich vor. Zwei Männer hockten nebeneinander unter dem Verdeck. Sie waren dunkelhäutig, trugen rote Jacken unter ihren offenen Khaki-Mänteln und hatten weiße Turbane auf dem Kopf. Die Stoffenden der Turbane hingen über ihren Schultern.

Im Sternenlicht gaben die beiden Männer ein seltsames Paar ab. Der ältere Mann war klein und dick und saß mit verschränkten Armen da; der jüngere war dünn, glatt rasiert wie der andere, aber größer, und knallte mit den Zügeln. Und über ihnen die pyramidenförmige Halde.

Die Konstellationen dieser Nacht waren so unerklärlich wie der Wahnsinn ihrer Schwester. Der ältere Mann schien funkelnde Ringe an seinen Fingern und Zehen zu tragen.

Als hätte Rosalind »Stopp!« gemurmelt, zog das Pferd zur Seite und begann aus dem gegenüberliegenden Wassertrog zu trinken. Erst jetzt erkannte sie den jüngeren Mann – Gül Mehmet. Sie hatte Gül noch nie mit einem Turban gesehen.

Der beleibte alte Mann kam ihr ebenfalls bekannt vor, auch wenn er seinen in zwei Spitzen geteilten Vollbart, der sonst über seiner Wampe hing, abrasiert hatte.

Rosalind legte den Kopf zur Seite. Aber ihre Unterhaltung war wegen Lizzies Gegluckse im Schlaf, das so klang wie das Kichern, mit dem die Kinder ihr auf der Straße begegneten, nicht zu verstehen.

Widerwillig wandte Rosalind sich vom Fenster ab. Sie musste ihre Schwester wecken, damit sie nicht ins Bett machte.

Die beiden Männer waren an diesem Morgen vom North Camel Camp am äußersten Ende der Williams Street aufgebrochen. Das Camp bestand aus einigen Wellblechhütten, die von einem losen Drahtzaun umgeben waren. Daneben gab es ein kleines Ziegelgebäude mit Blechdach, das als Moschee diente, und zwei Reihen kümmerlicher Dattelpalmen. Etwa dreißig Kameltreiber, die meisten von ihnen Afghanen und Inder, lebten hier zusammen mit ihren Familien und Tieren.

Die Ansiedlung existierte seit 1890 und wurde von einer Minderheit in Broken Hill abgelehnt, die ihr den Spitznamen »Ghantown« gegeben hatte. Ihre Vorurteile fanden ein Sprachrohr im ehemaligen Herausgeber des *Barrier Miner*, Ralph Axtell, der seit einigen Jahren in Melbourne lebte, aber vor zwei Wochen nach Broken Hill zurückgekehrt war, um eine kranke Cousine zu besuchen. Der Wohltätigkeitsverein hatte ihn zu einer Ansprache am Silvesterabend eingeladen, nachdem man erfahren hatte, dass Axtell bis nach Weihnachten in der Stadt bleiben wollte. Diese Veranstaltung hatte am Vorabend im Haus der Zünfte in der Blende Street stattgefunden.

Da es der Silvesterabend war, waren viele Mitglieder des Wohltätigkeitsvereins zu Hause bei ihren Familien geblieben. Die spärliche Zuhörerschaft, die sich über die drei ersten Reihen verteilte, hatte Axtell aber weder entmutigt noch die Leidenschaft seines Vortrags gemindert. Die Anwesenden, zu denen auch ein Reporter seiner alten Zeitung gehörte, lauschten gespannt, was er zu sagen hatte.

Der untersetzte Sozialist mit hoher Stirn und einem dichten fuchsroten Schnauzbart verwandelte sich auf der Bühne in einen feurigen Redner. Axtell war ein geschickter Agitator gegen Afghanen und anderes »Türkenvolk«, wie er sie nannte. Seine aufwiegelnde Rede war eine Zusammenstellung seiner alten Parolen und darauf aus, die anti-türkische Stimmung anzufachen, die seit dem Ausbruch des Kriegs wiederaufgeflammt war. Die Zielscheibe seines Spotts war der stolz sich aufblasende deutsche Kaiser, aber Axtell ging noch weiter und bezog auch den osmanischen Sultan und Kalifen Mehmet V. mit ein, der in diesem Sommer einen Vertrag mit den Deutschen unterzeichnet hatte; ebenso alle Muslime, die den Sultan als ihren Herrscher betrachteten; und zuletzt nahm er diejenigen ins Visier, die am Ende der Straße wohnten, »in dem stinkenden Pfuhl namens Ghantown«.

Axtell erinnerte seine Zuhörer daran, dass er nichts gegen Ausländer habe – vorausgesetzt, sie seien Gewerkschaftsmitglieder und hätten eine weiße Haut. Besonders die Afghanen seien ihm ein Dorn im Auge, wie viele im Raum sich bestimmt erinnerten. Vor zehn Jahren habe er genau in dieser Halle gestanden und die Bürger von Broken Hill gewarnt, wenn sie nicht in der Lage wären, die Afghanen zu beseitigen, würden die Afghanen sie beseitigen. Nichts habe Axtell seither dazu bewogen, seine Meinung zu ändern. Diese »Hammelfresser« und »Kameltreiber« seien gefährlich. Sie seien durch ihren Glauben gebunden, dem Jihad zu folgen, den der Sultan im November ausgerufen hatte, und seien denen freundschaftlich zugewandt, gegen die Broken Hills Söhne, Männer und Brüder, wie er sagte, »genau in diesem Moment unter Einsatz ihres Lebens kämpfen«.

Axtell schaute in die Runde. Auf den Gesichtern vor ihm sah er eine lange Geschichte der Furcht, überlagert von Hass. Die da zu ihm aufblickten, waren weißbärtige Veteranen, die im Burenkrieg gekämpft hatten, sowie Bergarbeiter, die gegen den Krieg waren und im Protestmarsch zur Sulphide Street Bahnstation gezogen waren, begleitet von einer Kapelle, die die Internationale spielte, während sie die Rekruten ausbuhten und auspfiffen, die zum Ascot Park Trainingslager in Adelaide ausrückten.

Mit ruhiger, plötzlich einschmeichelnder Stimme versicherte Axtell seiner kleinen Zuhörerschaft: »Selbsterhaltung ist das oberste Gesetz der Natur.« Welche Gründe man auch immer gegen den Konflikt in Europa habe – als guter Sozialist habe Axtell viele –, das ganze Mitgefühl der Nation müsse bei der Politik des Weißen Australien liegen.

Mehrere Ratsherren in der ersten Reihe murmelten »Bravo! Richtig!«, und Clarence Dowter, der neben seinem Neffen saß, begann zu nicken.

»Die Afghanen nehmen uns die Arbeitsplätze weg«, fuhr Axtell fort. Sie seien roh und verkommen. Und schmutzig in ihren täglichen Gewohnheiten. Selbst die Aborigines fänden sie untragbar! In der kurzen Zeit, seit Axtell zurück in Broken Hill sei, habe er erfahren, dass es nahezu unerträglich für die Anwohner sei, in der Nähe des Camel Camps zu leben, aufgrund des widerlichen Gestanks der verwesenden Eingeweide geschlachteter Tiere, die von den Bewohnern einfach auf die Straße geworfen würden.

Axtell schloss mit der Empfehlung, die Afghanen zu vertreiben und ein neues Bürgerwehr-Komitee gegen dieses asiatische Krebsgeschwür zu bilden, was der Afghane am sichtbarsten verkörpere: »mit jenem geheuchelten diabolischen Grinsen, das er von allen Völkern am perfektesten beherrscht«. Er bat sein Publikum um ein zustimmendes Handzeichen.

Neben Oliver schoss der Arm seines Onkels in die Höhe, genau wie die Arme seiner Freunde aus dem Rifle Club – junge Männer wie Roy Sleath, der Sohn des Polizisten; Alf Fiddaman, der Lebensmittelhändler; und Tom Blows, ein freundlicher Kerl mit rundem Gesicht und Segelohren, der bei der Wasserleitungs-Gesellschaft arbeitete. Selbst der alte Ern Pilkinghorne hob trotz seiner Taubheit nach einem Moment seinen Arm. Mit Augen, die tief in seinem schmalen Kopf ruhten, und einem sorgsam getrimmten weißen Bart hatte Ern kein einziges Wort verstanden, aber er nahm gern an diesen Versammlungen teil; der Anblick so vieler enthusiastischer Gesichter war eine Wohltat.

Ermutigt durch ihr Beispiel, hob Oliver, der im letzten Moment auf Tom Blows Drängen gekommen war, seine Hand in die Höhe. Dennoch hatte Axtells Rede ihn verunsichert. Sie hatte Emotionen, Vorbehalte und latente Missgunst in ihm geweckt, die er lieber ruhen gelassen hätte.

Um das Geld für den Verlobungsring aufzubringen, hatte Oliver sich für die halbe Schicht am Silvesterabend eingetragen; er musste erst um 22.00 Uhr an der Mine sein. Anstatt mit Tom Blows zurück zur Cobalt Street zu gehen, wo er einen Blick auf dessen Motorrad werfen sollte – Tom klagte über Fehlzündungen –, war Oliver zu Rosalinds Haus gegangen. Er hatte beschlossen, ihr am nächsten Tag beim Oddfellows-Picknick einen Heiratsantrag zu machen. Aber die Zeit wurde knapp. Bevor er um ihre Hand anhalten konnte, musste er Mr Filwells Zustimmung einholen – Oliver hatte das bereits Anfang der Woche vorgehabt, allerdings waren ihm ein paar Kamele dazwischengekommen.

Das Licht am Himmel wurde schwächer, der letzte Sonnenuntergang des Jahres. Oliver lief mit federndem Gang die Blende Street entlang und verlangsamte seine Schritte, als er sich dem Haus der Filwells näherte. Vielleicht um sich zu beruhigen, stimmte er ein Lied aus der Music Hall an, das William ihm beigebracht hatte.

Rosalind war mit ihrer Mutter in der Küche und schnitt Tomaten, als sie ihn hörte.

»Hör nur …«, sagte ihre Mutter und richtete ihren matronenhaften Leib auf. Sie wartete immer noch auf Williams Rückkehr, doch er kam nicht.

Stattdessen war es Olivers Baritonstimme, die mit dem Hacken von Stahl auf Holz wetteiferte.

Mit ihrem hübschen Häubchen, und ihrem Baumwollkleid,
Ist sie so schön wie jedes Mädchen aus vornehmem Haus …

Von seinem Sessel im grün tapezierten Wohnzimmer rief ihr Vater: »Macht Ollie die Tür auf.« Seine Stimme dröhnte durchs ganze Haus.

Mit seinem roten Gesicht und einem grauen Schnurrbart machte Albert Filwell stets einen strengen und missgelaunten Eindruck, selbst wenn er lachte. Doch Williams Tod hatte ihn gebrochen. Gleich nach dem Unfall seines Sohnes hatte er den Beruf des Bergmanns gegen den des Viehzüchters getauscht; zweimal in der Woche brachte er den Jungen von der Broken Hill Brigade das

Schießen bei. Aber seine Selbstachtung rottete vor sich hin.

Gegenüber Oliver legte er eine heikle Feindseligkeit an den Tag. Er wusste, dass er das Werben des jungen Mannes um seine Tochter unterstützen sollte. Es war die Verbindung zu seinem Sohn, genau wie das Lied.

Rosalind wischte ihre Hände an der Schürze ab und ging zur Tür, um Oliver hereinzulassen.

»Wie wär's, wenn du uns etwas zu trinken holst, Ros?«, sagte ihr Vater, nachdem er Oliver ins Wohnzimmer geschoben hatte.

Sie brachte zwei Gläser und eine Flasche Ingwerbier und ging zurück in die Küche, versprach aber, zurückzukommen, sobald sie mit den Vorbereitungen für das Picknick fertig sei. Sie und ihre Mutter machten Sandwiches mit Lammfleisch, Tomaten und Salat und einen Lamington-Kuchen. Oliver hatte bereits angekündigt, Obst mitzubringen.

Mit übertriebener Vorsicht schenkte Oliver das Ingwerbier ein. Er war in mehrfacher Hinsicht dankbar, mit Rosalinds Vater allein zu sein. Unabhängig von der Sache, die sie miteinander besprechen mussten, wäre Albert Filwell ein guter Resonanzboden für die Gefühle, die Ralph Axtell in ihm geweckt hatte.

Filwell zuckte, als er seinen Ellbogen hob, um das Glas in die Hand zu nehmen. »Hat Rosalind Ihnen erzählt, was passiert ist?«

Oliver setzte sich und klopfte auf der Suche nach seiner Pfeife auf seine Jackentasche. »Ihr Pferd ist durchgegangen, richtig?«

»Das kann man wohl sagen.«

Den rechten Arm in einer Schlinge, wollte Filwell die Geschichte nur zu gern noch einmal erzählen, wie sein Pferd das Geschirr zerrissen hatte, als es einer Kamel-Karawane auf dem Weg nach Ghantown begegnete. Sein Milchwagen, den selbst Oliver nicht mehr reparieren konnte, war umgestürzt, und er war aus dem Sitz geschleudert worden und hart auf dem Boden gelandet.

Durch die dünne Wand hörte Rosalind ihn sagen: »Ich habe die ganze Gegend zusammengebrüllt, und wie. Ich habe lauter geschrien als ein gestraucheltes Maultier. Dr. Large hat mich gleich in das verdammte Krankenhaus bringen lassen. Und das am Zweiten Weihnachtstag!«

Sie öffnete den Backofen und sah nach dem Kuchen. Mit ihr redete ihr Vater nie so. Ihre Gedanken sollten sich auf die Küche beschränken, wie Teig geknetet und in feste Formen gedrückt wird, um anschließend in den Ofen geschoben und gebacken zu werden.

Im Nebenzimmer setzte Filwell seine Klagen fort. Es sei kein Wunder, dass sein Pferd durchgegangen sei. Kamele waren bösartige Kreaturen, mit ihrem unerträglichen Geschrei. Sie fraßen den Busch und verdreckten die Wasserlöcher. »Ich würde sie am liebsten erschießen!«

Rosalind hörte seinen Ausführungen mit finsterer

Miene zu, während sie einen Finger in den Teig drückte, um zu sehen, ob die Masse sich wieder ausdehnte: *Ein Pferd geht beim Anblick eines Kamels durch. Ein Kamel geht beim Geschrei eines Kakadus durch. Wir alle gehen bei irgendetwas durch.* Sie schob die Form zurück in den Ofen. *Selbst ein vorbeispringendes Kaninchen kann die Kühe in Aufruhr versetzen.*

»Hör mal, Rosalind, die Küche ist nicht zum Rumstehen da.« Der Schmerz hatte ihre Mutter streitsüchtig gemacht. Sie hielt ein Bündel Kleidung in ihren von Dellen überzogenen Armen. »Warum wäschst du nicht den Salat, statt dich hier herumzudrücken?« Sie öffnete die Tür und ging hinaus.

Olivers Stimme drang durch die Wand. Sie konnte jedes Wort verstehen. »Kennen Sie den Besitzer?«

»Oh, ich denke schon«, sagte Rosalinds Vater. Der Sessel ächzte, als er sich zurücklehnte. »Es ist dieser Schlachter. Den Ihr Onkel laufend vor Gericht zerrt.«

»Diese Afghanen und ihre verdammten Kamele.«

Rosalind sah Oliver vor sich, wie er mit seinem dicken Zeigefinger den schwarzen Kopf seiner Pfeife säuberte.

Bevor er eine Anstellung beim Bergwerk fand, hatte Oliver als Holzhändler gearbeitet. Dann waren die Afghanen gekommen und hatten im Umkreis von achtzig Kilometern sämtliches Feuerholz weggeschleppt. Genauso wie sie die streikenden Schafscherer ersetzt und die Fahrer der Ochsen- und Pferdegespanne verdrängt hatten. Wenn sein Onkel sich nicht für die einheimischen Schlachter einsetzte, würde es nicht lange dauern, bis die Afghanen auch deren Jobs übernähmen.

»Wissen Sie, was das Problem ist, Mr Filwell?« Für einen Augenblick nahm Oliver den Gewerkschaftsführerton seines Onkels an. »Die Leute machen den Mund nicht auf. Wenn ich jemanden nicht leiden kann, sage ich, was ich denke, und ich kann die Afghanen nicht leiden.« Er las die Zeitungen, fand darin aber nie eine Erklärung, warum sie hier sein sollten. »Ich weiß nur, dass ich nicht schmarotze, Mr Filwell. Und ich nehme mir das Recht heraus, jede Art von Schmarotzertum abzulehnen.«

Rosalinds Vater ruckte auf dem von den Sesselbeinen zerkratzten Fußboden vor und schob seine Vorbehalte gegen Oliver beiseite. »Ganz meine Meinung«, sagte er und hob mit dem gesunden Arm sein Glas. Er nahm einen kräftigen Schluck Ingwerbier und trank ihn geräuschvoll.

Rosalind schien es, als wäre die ganze Beherrschung und innere Stärke ihres Vaters mit der Erinnerung an die Kollision mit Molla Abdullahs Kamelen verschwunden, und bei Oliver ebenso. Noch nie hatte sie Oliver mit solcher Verachtung reden gehört. Entsprach das seinen tiefsten Überzeugungen? Prüfend untersuchte sie den Salatkopf, den Alf Fiddaman ihr günstig verkauft hatte.

Aber Oliver war noch nicht fertig. Noch mehr rege ihn auf, wie die Afghanen die weißen Frauen ansähen. Die afghanische Konkurrenz habe nicht nur die Holzhändler, die Fuhrleute und andere aus traditionell weißen Jobs verdrängt, auch die weißen Frauen seien in Gefahr, dessen war Oliver sich sicher.

Rosalind spürte, wie ihr Herz schneller schlug. Eine Schnecke kroch tief in den Salatkopf hinein. Sie nahm sie, schnippte sie in die Spüle – und wurde im selben Moment von der Erinnerung eingeholt, wie sie vor kurzem gebannt auf Olivers klobige, verdreckte, selbstsichere Hände gestarrt hatte, mit denen er das verstopfte Abflussrohr unter der Spüle gereinigt hatte.

»Ich rede nicht nur von Sukey.«

Rosalind neigte den Kopf, bis er die dünne Holzwand berührte. Mary Brodribb hatte ihr letzten Januar von Sukey erzählt, einem großen, knochigen Mädchen, das auf einem grauen Pferd in die Stadt geritten kam und zehn Shilling für zwanzig Minuten hinter einer über einem Zweig hängenden Decke verlangte.

»Auch andere weiße Frauen lassen sich mit ihnen ein.«

Dachte Oliver an Gül? Dachte er an *sie*? Sie überlegte panisch, ob Mary mit ihm gesprochen haben könnte.

Oliver erklärte es wie Axtell. Junge australische Frauen, die es besser wissen sollten, trieben sich beim Camel Camp herum. Irgendetwas zog sie an. Und einige könnten in Schwierigkeiten geraten, oder gar heiraten …

So tauschten Oliver und ihr Vater Geschichten von Krankheit, Schmutz und Verderbtheit aus. Rosalind, die alles mithörte und sich nicht von der Wand losreißen konnte, kam das Gerede ihrer tiefen, höhnischen Stimmen schrecklich vor. Es war, als ob irgendetwas an den unzivilisierten und abstoßenden Afghanen eine Furcht in ihnen weckte, die tiefer reichte als jeder Schacht der South Mine. Sie wünschte, sie würden aufhören.

Durch die Wand hörte sie, wie Oliver mit veränderter Stimme sagte: »Da ist noch etwas, über das ich mit Ihnen reden wollte.«

Ihr Puls raste, während sie ihr Ohr ganz fest an die Wand drückte, aber ihre Mutter rief vom Hof, sie solle den Kuchen aus dem Ofen nehmen.

Kuchenbacken war das Einzige, wozu ihre Mutter nach Williams Tod noch in der Lage war, und es war ihr ganz und gar unmöglich, damit aufzuhören. William hatte ihre Kuchen geliebt – mehr als Rosalind. Von seinen beiden Schwestern hatte nur Lizzie seine Vorliebe für Süßes geteilt.

Die Tür ging auf.

»Soll ich Marmelade für die Glasur nehmen?« Ihre Mutter stand in einer lehmfarbenen Strickjacke vor ihr und starrte sie an.

»Du weißt, dass ich keine Marmelade mag«, sagte Rosalind. »Und auch keinen Kuchen.«

»Der Kuchen ist nicht für dich.«

»Für wen dann?«

Aufgedunsen durch Depression und mit hängenden Schultern lief ihre Mutter durch die Küche zum Schrank und hielt dabei die Arme seitlich vom Körper gestreckt, als würde sie zwei schwere Zinkeimer mit fremder Wäsche tragen, die sie zur Aufbesserung der Haushaltskasse für andere erledigte.

Unvermittelt wurde Rosalind ganz direkt. »Es wird ihn nicht zurückbringen, Mutter. Er ist fort. Er wird nie wieder einen deiner Kuchen essen.«

»Nun, Ollie mag Marmelade«, sagte sie herausfordernd.

Rosalind lachte rau. »Er heißt Oliver. Du bist nicht seine Mutter. Und du bist auch nicht seine Schwiegermutter.« Sie band ihre Schürze los und warf sie auf den Küchentisch.

Sekunden später stapfte sie ins Wohnzimmer. »Was habt ihr miteinander ausgeheckt?« Sie blickte von ihrem Vater, der seltsam verlegen aussah, als wollte er sie in ein Geheimnis einweihen, zu Oliver, der mit dem Rücken am Kamin lehnte und lächelte.

»Wenn das nicht Rosalind ist«, sagte Oliver, ganz mit seiner Pfeife beschäftigt, wie damals, als er spät mit William nach Hause gekommen war und sie nicht angesehen hatte, aber stolz auf etwas schien, das er gesehen oder getan hatte. (Wie sich herausstellte, hatte er »Schuft« auf ein Grab geschrieben.)

Sie ging mit federnden Schritten durchs Zimmer und legte ihre Hände auf die Rückenlehne des Sessels ihres Vaters. Sie holte tief Luft. »Wollt ihr es mir nicht verraten?«

Oliver schwieg. In der Küche wurde der Schrank mit der Marmelade geöffnet und wieder geschlossen. Ihr Vater schien sich ganz in seinen zuckenden Arm zu pressen. Das einzige Geräusch war das hilflose Ticken der Uhr an der tapezierten Wand.

Oliver klopfte seine Pfeife über der leeren Feuerstelle aus. »Nun, gute Nacht, Mr Filwell. Ich bin froh, dass wir uns einig sind. Ich gehe dann mal zum Förderturm.« Im Flur sagte er: »Gute Nacht, Mrs Filwell! Ich hoffe, der Abfluss macht Ihnen keine Sorgen mehr!« Und mit sanfterer Stimme sagte er zu Rosalind, die ihm die Haustür geöffnet hatte: »Auch dir, gute Nacht.«

Er stand unter der lilienförmigen Deckenlampe und sah in ihre Augen, als ob sie nun ihm gehörte und er einen Anspruch auf sie hätte. »Ich sehe dich morgen um zehn am Bahnhof.« Er berührte ihren Arm. »Tom hat mich gefragt, ob ich kurz nach seinem Motorrad schauen kann. Falls es etwas später wird …«

Rosalind fand ihr Lächeln wieder und gab ihm einen flüchtigen Kuss auf die Wange. »Ich halte einen Platz für dich frei.« Ihr Arm war angespannt, und sie wartete darauf, dass er ging.

Er versuchte die Tür von außen zuzuwerfen, aber sie hielt immer noch die Klinke in der Hand.

Rosalind horchte seinen Schritten hinterher. Er sang leise vor sich hin – das einzige Lied, das er kannte.

Sie ist ein hübsches kleines Ding von nirgendwo her …

Mit langsamen Schritten lief sie zurück ins Wohnzimmer. Ihr Vater sah sie aus seinem Sessel an.

Sie wischte eine graue Haarsträhne hinter sein Ohr und griff nach der Flasche. »Mehr?«

»Danke, ich habe genug.« Er leerte sein Glas und reichte es ihr.

Sie hielt das leere Glas vor ihre Brust.

Sein Gesicht hatte einen ernsten Ausdruck angenommen, als bedrückte ihn etwas. »Du hast dich wieder mit deiner Mutter gestritten?« Und als sie nicht antwortete, fuhr er fort: »Ros … Ich weiß nicht … Stimmt etwas nicht?« Seine Stimme klang plötzlich vertraulich, als sähe er Oliver Goodmore vor sich, wie er ihr das Glas aus den Fingern nahm. Ihre blassblaue Bluse aufknöpfte. Ihre spitzen jungen Brüste berührte …

Er hob seinen verletzten Arm und streckte ihn nach Rosalind aus, sodass sie den Geruch von Chamberlain's Schmerzsalbe roch, die er zwei Stunden zuvor auf seinen Ellbogen geschmiert hatte.

Die Armschlinge roch auch schon danach.

»Ich kann es nicht beschreiben«, sagte sie, seiner Aufforderung widerstehend, ihn zu umarmen. »Es ist bloß …« Sie schüttelte ihre Schultern, als würde irgendein Tier darauf herumkrabbeln.

Gegenüber von Rosalinds Fenster hörte das Pferd auf zu trinken. Der Wagen fuhr klappernd weiter entlang der Gleise in Richtung Picton Viehmarkt. Sie sah, wie die beiden Männer ihre Unterhaltung fortsetzten. Sie mussten in aller Frühe aufgestanden sein, um rechtzeitig zum Picknick in Silverton zu sein. Gül musste sein Eis verkaufen, bevor die Sonne zu heiß schien.

Rosalind war Gül acht Tage zuvor beim Weihnachtstanz im Festsaal begegnet. Er stand mit zwei anderen dunkelhäutigen jungen Männern im Eingangsbereich.

Lizzie starrte ihn mit trägen und zusammengekniffenen Augen an. Auf dem Gesicht ihres überdimensionierten Kopfes zeichnete sich die Energie eines noch unfertigen Satzes ab.

»Ros«, sagte sie freudig, »sieh nur.«

Rosalind erinnerte sich, wie Oliver seine lange Nase in Richtung der Männer gewandt und sie vernichtend angesehen hatte.

»Ka-me-li-en«, sagte er in einer Art Singsang, als stäche ihm bereits ein strenger Kamelgeruch in die Nase.

»Wie bitte?«, sagte Rosalind, empört über den Ausdruck.

»Aus Ghantown.«

Rosalind wusste, wo sie herkamen. Sie wollte Gül nach der Verletzung an seiner Hand fragen. Aber in dem Moment baute sich Roy Sleath protzig vor ihm auf und versperrte ihm den Weg.

Irgendetwas an Güls Ausdruck hielt Rosalind gefangen. Er trug europäische Kleidung und stand aufrecht und selbstbewusst da.

»Ich werd verrückt«, sagte Oliver und blähte seine Backen wie ein Trompeter auf. »Ist das nicht Lakovskys kleiner Türke?«

Aber sie reagierte keineswegs angewidert, wie Oliver es von ihr zu erwarten schien.

Ebenso wenig Lizzie.

Ihre jüngere Schwester kaute auf ihren Knöcheln und sah in Güls verletzte, dunkle Augen. Er weigerte sich, von der Stelle zu weichen.

»Alf wird sich drum kümmern, die rauszuwerfen«, beschloss Oliver und rief nach einem stämmigen jungen Mann mit einer Warze auf der Augenbraue.

»Soll ich ihn um einen Tanz bitten?«, fragte Lizzie und warf ihre Beine mehrmals plump in die Luft, gänzlich unbekümmert.

»Nein«, befahl Oliver streng, »du tanzt mit mir.«

Er hakte sich bei ihr unter und führte sie durch das Gedränge im Saal bis zur Bühne, wo gerade eine Blaskapelle zu spielen begann.

Rosalind ließ er einfach stehen.

Inzwischen drängte Alf Fiddaman, der sich gerne in Szene setzte und den Marschschritt der Deutschen nachäffte, die drei Afghanen mit Roy Sleaths Unterstützung zurück zum Ausgang. »Tut mir leid, Kanaken.«

Rosalind spürte Wut in sich aufsteigen. Gül schien sie anzusehen, bevor er die Hand hob – sie war immer noch mit ihrem Taschentuch umwickelt. Es war bloß eine unscheinbare Geste, an die Rosalind sich aber wie an eine Art Abschiedsgruß erinnerte.

Dann drehte er sich um und ging widerstandslos hinaus.

Tags darauf dachte sie an Gül, als ihr Vater einige afghanische Kinder verscheuchte, die erwartungsvoll in ihren besten Kleidern vor der Tür standen und darum baten, am Weihnachtsfest teilnehmen zu dürfen.

Ein Mädchen, das tapferer war als die anderen und eine hellere Haut hatte, sagte mutig: »Bitte, Mister.«

»Geht wohin ihr wollt, aber wenn ihr noch einmal vor dieser Tür hier erscheint, prügel ich euch windelweich.«

Der aufgebrachte Ton seiner Stimme machte Rosalind wütend, und sie beging den Fehler, ihrer Schwester gegenüber daraus kein Hehl zu machen. »Schließlich sind auch die europäisch-stämmigen Kinder des Ortes beim Ramadan-Fest willkommen.«

»Woher weißt du das?«, fragte Lizzie, die aus dem trägen Karussell ihrer Gedanken aufschreckte. Sie löste ihren Blick von der Zeichnung des Krokodils, das sie seit Ewigkeiten unter ihrem Bett wähnte, und sah zu Rosalind auf. »Ros, du hast dich doch nicht dort rumgetrieben, oder?«

Das hatte sie, aber sie verriet es Lizzie nicht. Ihre kleine Schwester war der letzte Mensch, dem sie es sagen würde.

Acht Monate zuvor hatte ein lauter Knall Rosalind zu der Siedlung geführt. Ein Schuss im Camp hatte sämtliche Hunde und Katzen in der Williams Street aufgescheucht, die kurz darauf alle mit einem Stück Innereien im Maul zurückgerannt kamen. Offenbar wussten sie, wenn ein krankes Kamel geschlachtet wurde.

Rosalind war unterwegs zum Haus der Brodribbs, um Mary einen Roman zu bringen, den sie aus der Bücherei ausgeliehen hatte, und befand sich in einer seltsam rastlosen Stimmung. Gerade hatte sie eine unangenehme Begegnung mit ihrer früheren Lehrerin gehabt.

Eine gelöste Verlobung, ein griechisch klingender Name. Miss Pollock war vor kurzem mit einem orangefarbenen Kleid und nicht viel mehr nach Broken Hill zurückgekehrt, nachdem es in Adelaide schiefgelaufen war. (»Er hat ihr das Blaue vom Himmel versprochen«, vertraute Mary ihr an, die alles glaubte, was sie bei Harveys aufschnappte, selbst wenn es von Mrs Rasp stammte, »und sie dann wie den letzten Dreck behandelt.«) Und obwohl Miss Pollock strahlend behauptete, zu Hause sei es am schönsten, war sie nicht wirklich wieder zu Hause angekommen.

Sie waren am Straßenrand stehen geblieben. Miss Pollock, die sich in der Öffentlichkeit nie von ihrer besten Seite zeigte, war zunächst freundlich gewesen, hatte aber schon bald sonderbar neugierige Fragen gestellt und wissen wollen, was Rosalind seit ihrer letzten Begegnung vor vier Jahren, kurz bevor sie die Schule verließ, gemacht habe.

»Mrs Stack hat mir eine Lehrstelle angeboten.«

Miss Pollock nickte. Eine Stelle im örtlichen Textilgeschäft war nichts, worüber man die Nase rümpfte, da alle an der Front waren oder entlassen wurden; fünfundsiebzig Prozent der Bevölkerung arbeiteten nur noch halbtags.

Aber ihr Lächeln wirkte verkniffen.

»Und irgendwann wirst du heiraten«, sagte sie, das Gesicht ungewöhnlich zerfurcht. »Und hier wohnen. Mit deinen Enkelkindern.«

Rosalind erinnerte sich an ihre Großmutter, die in ihrem moosgrünen Kleid durch die Stadt gezogen war und vor sich hin gemurmelt hatte.

Sie wollte sagen, »Wahrscheinlich haben Sie recht«, änderte es aber in, »Ich möchte mehr als das.« Sie war selbst überrascht über die Worte, die aus ihrem Mund kamen, als hätte jemand anderes sie hineingelegt.

»Mehr als das?«

»Ja. Mehr.« Rosalinds Stimme klang eiskalt nach ihren höflichen Worten.

Miss Pollock sah Rosalind an. »Mehr gibt es nicht«, sagte sie nüchtern, und ihr Ausdruck wurde mitleidig. »Du musst erkennen, dass dies eine selbstsüchtige Stadt ist, Rosalind. Hier denkt jeder nur an sich.«

PENG.

Als der Schuss krachte, brach Miss Pollock die Unterhaltung ab und eilte davon.

Ganz gegen ihren Willen hatte Rosalind sich von der Stimmung ihrer Lehrerin anstecken lassen. Sie lief weiter die Williams Street entlang und war keine hundert Meter mehr vom Haus der Brodribbs entfernt, als sie einen kleinen grauen Hund sah, der zu klein war für das, was er erbeutet hatte, und nun im Schatten lag und einen großen glänzenden Klumpen ableckte. Wie von einem unsichtbaren Seil gezogen, wandte sie sich nach rechts, in Richtung Ghantown, um sich diesen Ort, über den alle redeten, mit eigenen Augen anzusehen.

Wenn du nicht brav bist, kommen die Afghanen dich holen, scherzte ihr Vater immer.

Dadurch angestachelt und durch das Bild, das einer oder zwei von Olivers Freunden vermittelt hatten, vor allem aber wegen ihres unerfreulichen Gesprächs mit Miss Pollock lief Rosalind den Zaun entlang, bis sie zum Eingang des Camel Camps kam. Sie wusste nicht, was sie dort finden würde, noch, wonach sie suchte. Ihr Bruder hatte im Dunkeln nach etwas gesucht, das er nicht sehen konnte.

Und was hatte sie gesehen?

Rechteckige Wollballen, die aussahen wie Wombat-Kot.

Von der Schule heimkehrende Kinder, alle in einer Reihe, die Jungen mit Turbanen, leuchtend weißen Hosen und schwarzen Westen mit großen Knöpfen.

Ein Mann mit nackten Füßen, der auf einer Leiter stand und die Dattelpalmen bestäubte.

Aus dem Schatten der Bäume wehte ein strenger Kloakengeruch.

Auf einem Stück Plane hockte ein schwarzhaariger junger Mann im Schneidersitz und flickte einen gerissenen Sattel mit einer Packnadel. Er bewegte nicht den Kopf, als sie an ihm vorbeiging.

Weiter hinten lagen Kamele auf dem flachen Boden und schoben kauend ihre Unterlippen vor und zurück. Sie wirkten nervös und sahen irgendwie anders aus als die Kreaturen, die in friedlichen Reihen entlang der Straße nach Silverton zogen. Ein Junge hatte den Arm um den Hals eines Kamels gelegt, kraulte sein Ohr und redete sanft in einer fremden Sprache – war es Paschtu? – auf die Tiere ein.

Dieser Kontrast stimmte Rosalind fröhlich. Noch vor wenigen Augenblicken war sie die Williams Street entlang gelaufen und hatte ihrer ehemaligen Lehrerin gespreizt einen schönen Tag gewünscht, und jetzt hätte sie genauso gut am Ufer des Nils sein können. Es war ihr kaum möglich, alles aufzunehmen.

Gebückt unter dem Ast eines Rutenförmigen Eukalyptus, zersägte ein kahlköpfiger alter Mann mit hervorquellendem Bauch geräuschvoll einen Tierkadaver. Sein altväterlicher, in zwei Spitzen geteilter, dichter grauer Bart schien den Boden zu fegen.

Rosalind stand verunsichert da und sah dem kleinen, stämmigen Metzger zu, der das tote Kamel zerlegte und zwischendurch eine Meute heranspringender Hunde und Katzen verscheuchte, bis eine verschleierte Frau hinzukam und ihr bedeutete, ihr zu einer primitiven, mit einem Vorhang aus Sackleinen abgetrennten Holzhütte zu folgen, die keine Fenster hatte, aber an einer Seite offen war. Alte Kleidung und getrocknete Dingofelle hingen an verbogenen Drähten, die aussahen wie die Haken für das Zaumzeug ihres Vaters. Auf einem Tisch aus Packkisten standen ein Marmeladeneimer mit Bratfett und eine Talglampe mit einem Streifen Hosenstoff als Docht.

Die verschleierte Frau rieb einen Teller mit nassem Sand aus, nahm etwas aus einer an Drähten aufgehängten Schachtel und forderte sie auf, zu essen. Rosalind bedankte sich. Sie betrachtete den Teigfladen, auf dem die Abdrücke von Daumen zu erkennen waren, und nahm einen vorsichtigen Bissen. Er hatte einen scharfen, pfeffrigen Geschmack, ganz anders als die Johnny Cakes ihrer Mutter.

Auf dem Boden lag ein Teppich in leuchtenden Farben mit fremdartigen Mustern und Motiven. Als sie gebeten wurde, sich zu setzen, kniete Rosalind nieder und sah nach draußen zu den Kamelen. Sie nahm das leise Klimpern der Glöckchen wahr und wie sich die Muskeln an den geschwungenen Hälsen lockerten. Und auch die seltsame Art, mit der die Tiere sie betrachteten. Miss Pollock hatte ihnen erklärt, Kamele verfügten über eine Membran, die sich bei einem Wüstensturm wie ein schwarzer Film über das Auge lege, während das Lid weit geöffnet bleibe, und es so vor dem stechenden Sand schütze. Rosalind kaute auf ihrem nach Curry schmeckenden Chapati und blickte zu den Tieren.

Ohne Kamele, hatte Miss Pollock ihrer Klasse in der Gypsum Street erklärt, *wären die leeren Weiten niemals erschlossen worden.*

Eine Ziege erschien im Eingang der Hütte und starrte Rosalind an, während der Sand um ihre Hinterläufe zu brodeln begann und ein dunkler Fleck entstand. Unter dem Eukalyptus sägte der Mann mit dem langen Bart. Sie dachte an Sukey, die sich dort niederließ, wo die Nacht sie überraschte, und fragte sich, ob es genau jener Ast war, über den sie ihre Decke warf.

Ende Juni hatte Rosalind das Camp noch einmal besucht. Ein heiliger Mann aus Sinde bereiste die Moscheen im Busch. Es war die Zeit des Ramadan, und aus dem gesamten Umkreis waren Kamelreiter zusammengekommen, um sich von der Aura des reisenden Imam zu überzeugen, von dem alle Welt redete.

Sie war sehr gespannt auf das Aussehen des heiligen Mannes, von dem die Zeitungen schrieben, er habe gleich zwei Vorfahren in der Nachkommenschaft des Propheten.

Als sie sich dem Camp näherte, schlug ihr als Erstes der Lärm entgegen. Das Schreien und Blöken war lauter, als wenn die Blaskapelle der Stadt sich einspielte. Wieder wurde Rosalind freundlich empfangen. Man reichte ihr ein Glas Tee und bedeutete ihr, auf einer Bank Platz zu nehmen. Dort saß ein schmächtiger junger Mann, der sich verspätet hatte und seine Sandalen auszog, um sie zu anderen auf einen Haufen zu werfen. Außerdem sprangen zahlreiche Kinder umher, deren Gesichter sie kannte – die Prisks, Rutts, Spanglers, Deebles. Ihre Familien lebten in der Nachbarschaft.

Gestalten in weißen wehenden Gewändern eilten vorbei. Was Rosalind sah, spottete den Geschichten, die sie gehört hatte. Diese Menschen waren nicht schmutzig. Ganz im Gegenteil, sie war überrascht über die makellose Reinheit ihrer Kleidung. Ihre Mutter hätte sie nicht so strahlend sauber waschen können.

Rosalind wurde erklärt, dass sie nicht am Gebet teilnehmen dürfe, aber es gelang ihr, einiges aufzuschnappen. Es waren so viele Gläubige zur Moschee gekommen, dass man die Tür geöffnet hatte, damit die Menschen draußen etwas hören konnten. Über ihre Rücken hinweg spähte sie in einen ungefähr fünfundzwanzig Quadratmeter großen Raum, der mit dichtem Teppich ausgelegt war und von zwei Lampen erhellt wurde. Nach ein paar flüchtigen Blicken entdeckte sie einen Ständer aus Treibholz, auf dem ein aufgeschlagenes Buch lag. Ein Büschel Emu-Federn an der Wand. Zwei Bilder – Mekka? Bethlehem? Und flach auf dem Teppich liegend eine runde Uhr mit Holzrahmen, die vom Bahnhof stammen konnte.

Vorne im Raum stand der heilige Mann und betete vor, zwischendurch immer wieder nach der Uhr sehend. Rosalinds einziger Maßstab für Heiligkeit war Pastor Cornelius Hayball, aber der Imam sah vollkommen anders aus. Er war vergleichsweise klein, hatte sandbraune Haut und einen weißen Bart und trug einen leuchtend weißen Turban auf dem Kopf. Er beugte sich vor und küsste den Koran, dann blätterte er von hinten nach vorne darin und las einzelne Abschnitte laut vor.

Gebannt starrte Rosalind auf die Reihen der Gläubigen, die auf Gebetsteppichen knieten, mit der Stirn den Boden berührten, sich wieder aufrichteten und gemeinsam ›*La-ilaha-illa-Allah wa ashhadu anna Muhammadan abduhu wa rasuluh*‹ sangen.

Ein kahlköpfiger Gehilfe mit einem zweigeteilten grauen Bart lief humpelnd ein oder zwei Schritte hinter dem Imam her. Rosalind erkannte in ihm die sägende Gestalt unter dem Eukalyptusbaum. Und dann fiel ihr wieder ein, wo sie den Mann zuvor schon einmal gesehen hatte: Er hatte geholfen, nach dem Sandsturm im Januar die Straßen freizuschaufeln.

Es war einer der heftigsten Stürme seit Menschengedenken gewesen, angekündigt durch wirbelnde dunkle Punkte hoch in der Luft – Zweige, Knochen und anderer Unrat, den jähe Windstöße hoch in die Atmosphäre geweht hatten, lange bevor die wütende graue Rauchwalze entlang des Horizonts von Osten nach Westen gerollt war. Sie und

Lizzie waren ins Haus gerannt und hatten alle Schlüssellöcher, Fenster und Kamine zugestopft. Vier Tage lang waren rotbrauner Sand und Kiesel auf das Blechdach in der Rakow Street geprasselt und hatten die Sonne verdunkelt. Nachdem der Sturm seinen Weg in Richtung Mallee fortgesetzt hatte, war ihr Haus bis zu den Giebelbrettern im Sand versunken. Die Kameltreiber mussten ihr Schaufelgerät herbeischaffen, mit dem sie Wasserlöcher ausheben. Stundenlang hatten sie gearbeitet. Und dieser kahlköpfige Mann mit dem langen zweitgeteilten Bart und dem humpelnden Gang war ihr Vorarbeiter gewesen.

Ansonsten sah Rosalind um sich lauter Männer von beeindruckender Statur und mit eleganten Bewegungen. Und sie sah auch eine weiße Frau mit fünf Kindern.

All das geschah im Juni. Beinahe fünf Monate später, in der zweiten Novemberwoche, begegnete sie Gül. Sie hatte ihre Nachmittagsschicht im Textilgeschäft beendet und war auf dem Weg nach Hause, als sie ein Läuten hörte.

Der weiß gestrichene Wagen, auf dem er saß und eine Kuhglocke schwang, zog zunächst mehr Aufmerksamkeit auf sich als Gül selbst. Er wurde von einem dürren rotbraunen Pferd gezogen, dessen Kopf in einem Futtersack steckte, und war an den Seiten offen wie das Himmelbett ihrer Großmutter, und Rosalind musste unwillkürlich an sie denken, wie sie in einem abgewetzten Kleid durch den Staub gestapft war, nachdem sie von einem windigen

Straßenhändler unter dem Balkon des Denver City Hotels faule Minenaktien erworben und dadurch ihre gesamten Ersparnisse verloren hatte.

Rosalind wartete, bis die Dampf-Straßenbahn vorbeigefahren war, und trat dann näher. Die vier spiralförmig gewundenen Pfosten trugen eine dunkelgrüne Zeltplane zum Schutz der darunter stehenden Kühlbox.

Sie las den kursiv geschriebenen Text auf der Längsseite des Wagens.

Lakovskys köstliche ITALIENISCHE EISCREME. Vorzüglich für Kinder und Versehrte.

Sie wollte gerade die Straße überqueren, als er ihr in erstaunlich gutem Englisch zurief: »Warnen Sie Ihre Kinder vor Händlern mit minderwertigen Produkten!«

»Ich habe keine Kinder«, rief sie zurück und sah ihn an. Er trug Weste und Uhr.

War er einer der Männer, die vor der Moschee auf dem Boden gekniet hatten? Zumindest hatte sie einen Grund, ihn anzustarren. Er trug eine weite blaue Leinenhose, die an den Knöcheln zusammengebunden war, und unter der Weste ein Arbeitshemd, das viel zu groß war und über der Hose hing. An einem Stiefel fehlte der Schnürsenkel.

Sie spürte, wie ihr Gesicht rot anlief. »Sind Sie neu in Broken Hill?«, fragte sie aus Verlegenheit. Sie hatte den zweirädrigen Wagen noch nie gesehen.

Aber er wich ihr geschickt aus. »Prompte Bedienung und allgemeine Zufriedenheit, lautet mein Motto.«

Rosalind musste lächeln. Es waren die Worte seines Arbeitgebers.

»Heißt das, Mr Lakovskys Kühltruhe funktioniert wieder?«

Leo Lakovsky war ein russischer Jude aus Odessa, der als »Die Nummer 1 der Eiscremelieferanten von Broken Hill« für sich warb. Kürzlich hatte er eine teure Kühltruhe mit elektrischem Motor aus Amerika importiert. Aber eine Woche, nachdem er sie in seinem Geschäft in der Blende Street aufgestellt hatte, war der berühmte elektrische Motor ausgefallen. Verzweifelt hatte Lakovsky Oliver Goodmore um Hilfe gebeten. Das Gerät musste repariert werden, wenn der Russe vermeiden wollte, dass der übereifrige Gesundheitsinspektor der Stadt, Olivers Onkel Clarence Dowter, ihm die Lizenz entzog.

»Oh, funktioniert sehr gut.« Er legte die Kuhglocke ab und drehte sich um. Aus einer der Trommeln im Innern der Eisbox löffelte er eine Kugel Eis.

Er hielt es ihr zum Probieren hin.

»Buttermilcheis. Nur vier Prozent Fett. Einfach köstlich.«

Die Sonne schien. Sie sah, dass seine Hände sauber waren.

Aus lauter Schüchternheit wusste sie nicht, was sie tun sollte.

»Ich …«, sagte sie, von einer plötzlichen Windböe getroffen, die niemand sonst in der Argent Street zu spüren schien.

Sie kannte die Person, die die Kühltruhe repariert hatte. Das konnte sie ihm sagen. Oder dass Oliver im Gegenzug Lakovsky dazu drängte, seine Milch hauptsächlich von Rosalinds Vater zu beziehen, statt von diesem Gangster Beek, der nicht einmal Mitglied in der Genossenschaft der Milchbauern war.

»Probieren Sie nur.«

Die Eiscreme begann an seinen Fingern herunterzulaufen.

»Woher kommen Sie?«, fragte sie.

»Broken Hill.«

»Und davor?«

Er hob sein Kinn. »Afghanistan.«

Während sie ihren Mund öffnete, spürte Rosalind, wie seine Augen auf ihr ruhten. Sie waren klar und rein. Wie seine Hand.

Dann stieß sie einen Schrei aus, den Oliver noch in der South Mine hören musste.

Nach Luft ringend, stolperte sie rückwärts. Der Grund ihres Zurückweichens waren zwei Wollfäden. Einen davon hatte sie verschluckt. Den anderen zog sie aus ihrem Mund – feucht, lang, scharlachrot – und hielt ihn zwischen den Fingern in die Luft.

Im Nu sprang er auf, so schnell wie ein liegendes Kamel auf die Beine kommt. Er sei neu im Geschäft, entschuldigte er sich. Er könne sich nicht erklären, wie die Wolle … wie sie in die Eiscreme geraten sei.

Er schnappte ihr den ärgerlichen Faden aus der Hand und drängte sie, eine andere Sorte zu probieren. Er flitzte zum Wagen und kehrte mit einer neuen Kugel zurück, dieses Mal von gelber Farbe und noch größer als die erste.

Sie presste die Lippen aufeinander.

Er stand neben ihr, den Löffel in der Hand.

Aus dem bloßen Spaß war nun eine ernste Sache geworden. Rosalind hatte nicht die geringste Lust, Mr Lakovskys köstliches Buttermilcheis zu probieren. Sie wusste genau, dass sie sich umdrehen und weggehen sollte. Aber sie hatte Mitleid mit diesem seltsamen Menschen, dem das Eis in der Hitze die Finger hinablief, verloren im Ausland und weit weg von seiner Familie.

»Na gut«, gab sie nach. »Aber Sie dürfen sich nicht beschweren, wenn ich genauer hinschaue.«

Sie prüfte die zweite Kugel genau, die dieses Mal frei von Fäden zu sein schien.

Vermutlich stammten sie von einer ausgeschüttelten Wolldecke. Vorsichtig streckte sie ihre Zunge aus.

»So schmeckt echte Eiscreme«, sagte er in dem von Mr Lakovsky übernommenen Englisch.

Es war eiskalt, wie ein frostiger Windstoß.

Neugierig fragte sie nach der Geschmacksrichtung.

»Ananas.« Sein Lächeln wurde breiter.

»Wie teuer?«

»Drei Pence.«

Sie atmete tief ein. Die Luft roch nach heißem Leinenstoff.

»Okay, ich nehme eins.«

Rosalind fischte in ihrer Geldbörse, während er eine Waffel füllte. »Ich habe bloß ein Sixpence-Stück.« Sie gab ihm die Münze und nahm in der gleichen Bewegung das Eis entgegen.

Er sah geknickt aus – er hatte kein Wechselgeld. Mrs Rasp hatte ihm mit ihrem Sovereign seine letzten Pennys abgenommen.

Plötzlich war alles bloß ärgerlich. »Behalten Sie das Sixpence-Stück«, sagte sie. Er könne ihr das Wechselgeld später geben. Sie arbeite bei Stack & Tyndall's. »Ich bin morgen dort.« Und übermorgen auch, sagte sie zu sich selbst.

Es war einfacher, als die Waffel zurückzugeben.

»Aber nach wem soll ich fragen?«, sagte er.

Sie sah ihn mit ihren haselnussbraunen Augen an. »Rosalind Filwell.«

»Rosalind Filwell, ich komme morgen zu Ihnen.« Es lag nichts Beiläufiges in seinem Versprechen oder der Art, wie er ihren Namen aussprach.

»Ich bin Gül Mehmet.«

Am folgenden Nachmittag probierte Mrs Rasp im Textilgeschäft einen Strohhut auf, den Mrs Stack im Preis heruntergesetzt hatte. Breitbeinig betrachtete sie sich in dem mannshohen Spiegel. Ihr plattes weißes Gesicht sah aus wie ein Briefumschlag, in dem allerdings nichts steckte außer einem Dankschreiben der League of the Helping Hand. Sie sollte aufhören zu versuchen, andere davon zu überzeugen, dass sie kein Walross sei, dachte Rosalind.

Mit einer flotten Kopfbewegung, als wäre sie wieder eine junge Frau, sagte Mrs Rasp zu Rosalinds Spiegelbild: »Kannst du dir vorstellen, die nächsten zwölf Jahre hinter dieser Ladentheke zu stehen? Leute wie mich im Spiegel zu betrachten? Hast du keine anderen Pläne?«

»Ich weiß nicht.«

Mrs Rasp sah prüfend auf Rosalinds Brüste, die sie stets ärgerten, und schlagartig purzelten ihre sämtlichen Jahre zurück. »Es gibt gute Geschäfte in Adelaide. Du könntest es jederzeit versuchen«, sagte sie mit tonloser Stimme. Sie wandte sich um und legte den Hut auf die Theke. »Ich nehme ihn.«

Mrs Rasp hatte Stack & Tyndall's schon verlassen, als Gül Mehmet erschien. Er stand im Eingang. Sein Blick irrte im Laden umher – an der Decke hängende Tischdecken; Hüte auf hölzernen Ständern, die aussahen wie ein Modell des Planetensystems; Petticoats, Strümpfe und Büstenhalter – und senkte sich dann zu Boden.

Nach einem Moment der Unentschlossenheit trat er mit großen Schritten vor, legte ein Dreipence-Stück auf die Theke und zog seine Hand sofort wieder zurück.

Mrs Stack saß außer Sichtweite nebenan in der Hutabteilung und unterhielt sich lautstark mit Ern Pilkinghorne über die Schlagzeilen des Tages im *Barrier Miner*. Das Osmanische Reich kam darin vor. Und irgendetwas über einen Heiligen Krieg.

»Natürlich stecken die Hunnen dahinter!«, rief Ern, der mit den Victorian Mounted Rifles in Ost-Transvaal im Einsatz gewesen war.

Gül wandte den Kopf zur Seite, aber die Nachrichten aus Europa wurden von den Hüten und einem großen Schild gedämpft, auf dem zu lesen war: »Wenn Sie nicht zu unseren Kunden zählen, gibt es zwei Verlierer.«

Er wandte sich Rosalind zu und fragte, ob sie wisse, wie es stehe. Hatten die alliierten Armeen die Türkei erreicht?

Sie gestand, dass sie die Geschehnisse nicht verfolgt habe. Sie hielt es mit Mrs Brodribb, die erst am Vorabend zu ihr gesagt hatte: »Die Nachrichten sind so deprimierend, da höre ich lieber Musik.«

Gül redete eine Weile über den Krieg. Vier seiner Freunde hatten sich zu den Expeditionary Forces gemeldet. Sie waren letzte Woche mit dem Zug abgereist. Er erwähnte die Tapferkeit der Gurkhas im Kampf in Europa. Das Kriegsgeschehen schien ihn sehr zu interessieren.

Aber er verhielt sich im Vergleich zum Nachmittag des Vortags anders. Er schien über irgendetwas erregt. Mit durchdringenden braunen Habichtsaugen sah er Rosalind an. »Warum gehen so viele in den Krieg?«, fragte er, nicht länger Mr Lakovsky nachplappernd.

Sie zeigte nach draußen. »Sie wollen gehen. Sie wollen fort von hier. Es gibt hier nicht viel zu tun.«

Auf der Straße schimpfte eine Frau mit einem kleinen Jungen.

Er war der Bewegung ihrer Hand nicht gefolgt. »*Wir* sind hier«, sagte er mit einem Lachen.

In ihren Augen blitzte es spöttisch auf. »Ja, wir sind hier. Aber meinen Sie nicht, das sagt mehr über uns aus?«

Er sah sie missbilligend an. »Sie glauben, wir sind Feinde?«

»Feinde?« Und weiter, um nicht ausweichend zu erscheinen: »Wie meinen Sie das, Feinde?« Sie hielt den Handrücken vor den Mund, um ein Husten zu unterdrücken.

»Was haben Sie ihm gesagt?« Er schleuderte ihr die Frage entgegen.

»Wem?«

Sein Blick verfinsterte sich. »Mister Dowtah. Sie haben mit ihm gesprochen!«

»Mr Dowter?« Sie sah zu ihm auf, und ihr Oberkörper hob und senkte sich.

»Er sagt, Eiscreme ist schmutzig. Er sagt, ich muss Strafe zahlen.« Alles sprudelte nun mit heiserer Stimme aus ihm heraus. »Er sagt … warum haben Sie es ihm erzählt?«

Angelockt von den Stimmen, erschien Mrs Stack. »Rosalind, ist alles in Ordnung?« Manchmal wollten Leute bei Stack & Tyndall's mehr als bloß einen Hut.

»Ja, ja.«

Als sie sich umdrehte, war er verschwunden.

Tatsächlich hatte Rosalind gegenüber Clarence Dowter nichts von dem Vorfall erwähnt. Die einzige Person, der sie davon erzählt hatte – und das eher amüsiert –, war ihre beste Freundin Mary Brodribb. Das war im Tea Room der Rotkreuzgesellschaft in der Argent Street gewesen.

Nach der Arbeit ging sie, ohne recht zu wissen, warum, zu Mary nach Hause. Hatte sie mit jemandem darüber gesprochen? Bestürzt erfuhr sie, dass Mary die Geschichte erst heute Vormittag weitererzählt hatte – und zwar niemand anderem als Oliver.

Mary hatte sie ihm in Harveys Juweliergeschäft unterbreitet, während er einen passenden Ring aussuchte.

So war das also, sagte sich Rosalind mit einem verkniffenen Lächeln, wenn man in einem Ort lebte, der sich nicht einfach nur irgendwo am Rand befand, sondern mitten im Nirgendwo. Ein Loch in der Erde, ein großer Haufen Erde daneben, und keine Nachbarn im Umkreis mehrerer hundert Meilen, und die wenigen Nachbarn, die man glücklicherweise hatte, plötzlich alle in Ägypten. Betrat dann jemand das Juweliergeschäft – ein Mensch, der einen aus lustigen Augen ansah und einem das Gefühl gab, selbst witzig und intelligent zu sein –, suchte man nach einem Grund, ihn ein bisschen länger festzuhalten, bis man über seine Schulter hinweg eine läutende Messingglocke und einen vorbeipolternden weißen Pferdewagen erblickte. Und dann beugte man sich vor, die Hände an die Wangen gelegt, und erzählte von einer Kugel Buttermilcheis, in der etwas Widerliches versteckt war, und wiederholte sogar Rosalinds eigene Worte: »Es sah aus wie ein roter Wurm!«

Es war klar, dass Oliver sich verpflichtet gefühlt hatte, die Sache seinem Onkel zu melden.

Und noch etwas erfuhr Rosalind von Mary. »Der Verlobungsring war für dich, Rosalind!«

Rosalind wünschte, sie hätte mit einem überzeugenderen Lächeln antworten können. Nachdem Mary ihr in einem Tonfall, der ihren Neid nicht verbergen konnte, verraten hatte, sie wisse, wo – und wann – Ollie den goldgefassten Opal über Rosalinds Finger streifen wolle, sah Rosalind nicht Oliver am Umberumberka Creek vor ihr niederknien, sondern Güls Augen, die wie zwei schwarze Schnäbel über sie herfielen.

Für den Rest des Tages konnte sie ihren Kummer darüber, Gül Leid zugefügt zu haben, nur weil sie Mary gegenüber beim Tee eine unbedarfte Bemerkung gemacht hatte, nicht abschütteln. Clarence Dowter, dieser elende Prinzipienreiter.

Jedenfalls war der vor ihr liegende Weg nicht so eindeutig und aufregend, wie Mary ihn sich vorstellte. Sie musste eine Entscheidung treffen. Und vorher musste sie sich entschuldigen.

Er tauchte an der Ecke der Sulphide Street auf, die Kuhglocke aus Messing läutend. Schon von weitem sah sie den grünen Baldachin über der Eisbox und den Wagen in der

Form eines Himmelbetts. Sie sah ihre Eltern darin, auf der Straße im grellen Licht.

Aber als Rosalind ihm zuwinkte, als hoffte sie, mit dieser Geste ihren Fehler wiedergutzumachen, warf er ihr einen verletzten Blick zu und trieb sein Pferd an, wobei er so hart gegen den Wagen trat, dass er seinen linken Stiefel verlor.

Er musste herabspringen und ihn vom Boden aufheben.

In den zwei darauffolgenden Tagen, während derer Rosalind sich ihrer widerstreitenden Gefühle bewusst wurde, sah sie Gül nicht wieder. Ein Teil von ihr hoffte, er habe ihr Interesse für ihn nicht bemerkt. Dann wieder ertappte sie sich dabei, wie sie in den Straßen und entlang der Ladenfronten nach einem fahlen rotbraunen Pferd Ausschau hielt und nach dem Klang seiner Glocke lauschte. Jetzt, da sie ihn verletzt hatte, bekam der Afghane etwas Anziehendes.

Es war ein Fehler gemacht worden. Von ihr. Aber es ärgerte Rosalind, dass Oliver kein Wort zu ihr gesagt hatte. War es nicht ihre Geschichte? Es hatte ihm nicht im Geringsten zugestanden, sie hinter ihrem Rücken seinem Onkel zu erzählen. Als deshalb der Gesundheitsinspektor eines Morgens vor ihre Ladentheke trat und Rosalind um die Bestätigung einer Gül Mehmet betreffenden Anschuldigung bat, reagierte sie mit einem bleichen Lächeln.

Die Antwort plumpste aus ihrem Mund wie geronnene

Milch. »Nein, es muss sich um ein Missverständnis handeln.«

Clarence Dowter hatte sie angestarrt. »Bist du dir ganz sicher?« Alles an ihm war verkniffen und misstrauisch. Wenn ihr Vater lachte, lachte sein ganzer Körper mit, während Olivers Onkel in den seltenen Momenten, in denen er seine Freude nicht verbergen konnte, bloß mit den Lippen zuckte. Jetzt waren sie regungslos.

»Vollkommen sicher«, sagte Rosalind unbekümmert. »Das Eis war köstlich. Ananasgeschmack.«

»Ananas?«

»Ananas. Ganz genau.«

Der Gesundheitsinspektor setzte seinen Homburg wieder auf und ging ohne ein Wort des Dankes.

Der Tea Room der Rotkreuzgesellschaft befand sich im Keller. Rosalind drehte sich um, um nachzusehen, ob es Mary war, die die eiserne Treppe hinunterkam, aber es war Mrs Kneeshaw, die sie freundlich begrüßte und in der Küche verschwand. In diesem Augenblick bemerkte sie die Frau in der Ecke. Sie war um die dreißig, hatte lange blonde Haare und ein Muttermal auf dem Nasenflügel, wie der Edelstein bei einer Inderin. Sie saß etwa drei Meter von ihr entfernt im Schatten der Wendeltreppe und rührte in ihrem Tee.

Als sich ihre Blicke durch das gusseiserne Treppengeländer begegneten, lächelte die Frau seltsam, nahm Tasse und Untertasse vom Tisch und kam zu ihr herüber. Sie trug ein langes, pflaumenblaues bedrucktes Kleid und Sandalen.

»Kenne ich Sie nicht?«

Ihr Blick kam ihr vertraut vor.

Jetzt überlegten beide, wo sie sich möglicherweise begegnet waren. Im Textilgeschäft? Im Lebensmittelladen? In der Methodisten-Kirche?

Die Frau setzte ihre Tasse ab und hielt ihren Arm horizontal vor ihr Gesicht, sodass er das irritierende Muttermal verdeckte. Darüber hinweg sahen zwei grüne Augen Rosalind an wie über den Rand eines Schleiers. »Erinnern Sie sich jetzt?«, fragte sie und streckte die Hand aus.

Sie wirkte dünner als die blau verhüllte Frau inmitten ihrer fünf kleinen Kinder, kantiger.

»Sally Khan«, sagte sie und fragte, ob sie sich zu ihr setzen dürfe.

Rosalind stellte sich vor. Sie habe den Platz für eine Freundin frei gehalten. »Aber sie ist noch nicht da«, fügte sie überflüssigerweise hinzu.

Sally war neugierig zu erfahren, was Rosalind ins Camel Camp geführt hatte.

»Ich wollte herausfinden, ob die Afghanen mich entführen würden«, sagte Rosalind scherzend.

»Und? Haben sie das?«

Rosalind hörte sich lachen. »Ich habe mehr Angst vor den Australiern, um ehrlich zu sein.«

Sally warf ihr einen überraschten Blick zu. »Aber Sie sind Australierin?«

»Ich denke schon.« Wenn man mit vier aus Irland stammenden Großeltern Australierin sein konnte.

»Wie alt sind Sie?«

»Zweiundzwanzig. Fast zweiundzwanzig.«

»Ich weiß noch, wie das war«, sagte Sally, als ob das etwas erklären würde.

Sie war zweiundzwanzig gewesen, als sie ihren ersten Ehemann in Port Pirie kennenlernte. Alastair. Ihr breiter Mund presste sich fest zusammen, als sie seinen Namen erwähnte. »Er gehörte zu der schwierigen Sorte Männer. Er interessierte sich mehr für sein Pferd als für mich. Für Badsha bin ich das Wichtigste im Leben. Alastair hatte nie etwas anderes als Spott für mich übrig. Vermutlich war es mein Fehler. Ich habe ein paar dumme Sachen gemacht. Dennoch.«

Sie setzte klirrend ihre Tasse ab. Sie habe die Nase voll von australischen Männern. Diese Schwächlinge. Dagegen spreche einiges für eine alte Kultur. Badsha werde nie wütend, wenn sie allein in die Stadt ging.

Rosalind bewunderte ihre positive Einstellung. Sally schien ein glückliches Leben zu führen, auch wenn sie die Ingwerwaffeln vermisste – und die von Mrs Kneeshaw waren die besten! –, weshalb Sally gerne im Tea Room vorbeischaute, wenn ihre Kinder in der Schule waren. Selbstverständlich nur hin und wieder.

Dann entschuldigte sie sich nachdrücklich, dass sie so viel redete. Im Camp gebe es nicht viele australische Frauen, und Badsha sei nicht sehr gesprächig. Sie kam hierher, um sich über bestimmte Dinge in ihrem Kopf klarzuwerden. Sie dankte Rosalind, dass sie eine so geduldige Zuhörerin war. Sie konnte es ganz und gar nicht leiden, wenn man ihr den Mund verbot. »Ich bin nicht so alt geworden, um mich ständig von jemandem anbrüllen zu lassen. Oder um für jeden Penny betteln zu müssen. Badsha gibt mir die Hälfte seiner Einkünfte. Wie gesagt, für Badsha bin ich die Nummer eins. Essen Sie die nicht?«

»Greifen Sie zu.«

Sally nahm mit dankbarem Lächeln einen Keks. »Den einen noch, dann muss ich weiter.«

Schließlich tauchte Mary auf. Sie entschuldigte sich für ihr Zuspätkommen. Zufällig war sie Oliver auf dem Weg zur South Mine begegnet. Sie hätten eine Weile über den Opal-Ring geredet, für den er eine Anzahlung geleistet hatte, und wann er bei Harveys vorbeischauen wollte, um den Rest zu bezahlen.

Rosalind machte sich auf, Stack & Tyndall's nach einem anstrengenden Freitagnachmittag zu verlassen, als sie Güls Glocke hörte.

Sie ging die Oxide Street hinunter, blieb dann stehen und schaute auf eine imaginäre Uhr. Von ihrem eigenen

Wagemut überrascht, drehte sie sich um und stiefelte mit schweren Schritten über das Pflaster, auf dem sie als kleines Mädchen einmal gestolpert war und sich das Knie aufgeschürft hatte.

Ein dumpfer Schlag erschütterte den Boden. Vor den Geschäften angebundene Pferde rissen ihre Köpfe zurück, sodass sich die Zügel spannten. Rosalind war diese gedämpften unterirdischen Explosionen gewohnt, obwohl sie seit August seltener geworden waren. Neu war dagegen der Nachhall in ihrer Brust.

Sie sah den weißen Wagen die Argent Street entlang rumpeln und lief mit einem Gesichtsausdruck auf ihn zu, an dem Gül sofort erkannte, dass er ihm galt.

In seinem leicht gebrochenen Blick spiegelte sich das, was Menschen wie sie ihm angetan hatten, sagte sie sich. Er ließ die Zügel locker, aber sie griff nach dem Geschirr und hielt das Pferd fest. Sie wusste, wie man ein Fuhrwerk zum Stehen brachte.

Das Pferd schnaubte wie eine sich aufrollende Fahne. Der Geruch von Tierschweiß hing in der Luft.

Sie sah zu ihm hoch. »Ich habe etwas für Sie«, sagte sie und griff in ihre Tasche.

Neugierig sah er auf das Geschenk, das geschlängelt wie eine junge Tigerotter auf seiner Handfläche lag, bevor er es vorsichtig auseinanderzupfte: Es war ein Schnürsenkel aus einem von Williams Stiefeln.

Rosalind wartete, bis Gül ihn eingefädelt hatte, bevor sie

ihn befragte. Auch wenn er nicht in der Stimmung war, zu reden, brachte sie zuletzt aus ihm heraus, was Olivers beflissener Onkel gesagt hatte, als er Lakovskys Kühlhaus in der Blende Street aufgesucht hatte.

Das war Güls Geschichte.

Dowter hatte Gül in dem kleinen vorderen Raum bei der Arbeit unterbrochen, als er gerade Fässer befeuchtete, und hatte ihn gefragt, was er da mache, und Gül hatte gesagt: »Fässer befeuchten.« Da hatte Dowter gesagt: »Du wirst Schwierigkeiten bekommen.« Und Gül hatte gesagt: »Warum soll ich Schwierigkeiten bekommen? Mr Lakovsky stellt das Eis im Raum dort drüben her, der genau den Vorschriften entspricht, wie Sie wissen.« Daraufhin war Dowter in den Kühlraum gegangen, aber diesmal nicht, um nachzusehen, ob der Motor lief oder die Temperatur minus dreißig Grad betrug oder ob bei keinem der Kanister der Deckel fehlte oder ob Lakovsky, wie von ihm angeordnet, einen Betonboden eingezogen hatte. Der Gesundheitsinspektor schien nach etwas anderem zu suchen.

Was auch immer Dowter zu finden hoffte, es befand sich nicht in den Kanistern, deren Inhalt er mit übertriebener Gründlichkeit auf dem Boden ausschüttete und die wachsende schmutzige Lache inspizierte.

Dowter wollte schon wieder gehen, als er ein aufgerolltes Objekt an der Wand lehnen sah. Er ging hin und entrollte es mit einem Tritt. Dann beugte er sich hinab und zog, mit einem verräterischen Ausdruck der Genugtuung und scheinbar ohne jede Anstrengung, einen rötlichen Wollfaden daraus hervor.

Während sie Gül ansah, erinnerte Rosalind sich an die Decke, auf der sie bei ihrem Besuch im Camel Camp gesessen hatte, an die seltsamen Muster und Motive, die Rauten und Zickzacklinien, die in Braun, Karminrot und Indigo hineingewebt waren. In ungewöhnlich klaren Bildern sah sie Gül im Kühlraum unbeobachtet seinen Teppich ausrollen und sein Nachmittagsgebet sprechen. Anschließend mussten einige lose Fäden an seiner Kleidung beim Füllen eines Kanisters hineingefallen sein.

Genau wie ich es vermutet habe, dachte sie im Stillen.

»Und er hat sich nicht wieder bei Ihnen gemeldet?«

Gül schüttelte den Kopf, aber damit konnte er das Bild des sehr wütenden Meester Dowtah, der ihm eine gesalzene Strafe androhte, nicht aus seinem Kopf vertreiben.

Rosalind fügte sämtliche Fakten zusammen, was nicht weiter schwer war. Es gab nur einen Grund, warum Clarence Dowter keine weiteren Schritte unternommen hatte. Er besaß keine Probe der verunreinigten Eiscreme, wie es das Lebensmittelgesetz verlangte. Rosalind hatte das einzige Beweismittel verschluckt. Sie spürte ein Kitzeln von dem wollenen Phantom in ihrer Kehle.

»Er war wütend, weil ihm aufging, dass er kein Bußgeld verhängen konnte.«

Rosalind war so in ihre Gedanken vertieft, dass sie es kaum bemerkte, als Gül sagte, er müsse weiter. Er habe die aufgeregte Gestalt von Mrs Lakovsky gesehen, der Frau seines Bosses, die einen riesigen Kinderwagen über die Straße schob. Rosalind sah, wie er gegen den Wagen trat, und war froh, dass der Stiefel dieses Mal am Fuß blieb.

Der Zwischenfall brachte sie einander näher. Jedes Mal, wenn sie Güls Pferd und seinen Wagen sah, spürte Rosalind eine innere Anziehung und zugleich eine Woge der Erleichterung.

Wie oft sie sich in den folgenden fünf Wochen begegneten? Niemand hätte dies mit Gewissheit sagen können. Aber es war nicht schwer, sich in Broken Hill zufällig über den Weg zu laufen.

Schwerer wurde es allerdings, sich loszureißen. Rosalinds Furcht, im Gespräch mit einem »Kümmeltürken« gesehen zu werden, vermischte sich mit einem unbekannten Gefühl, als breche etwas in ihr auf, und gleichzeitig war sie von Aufregung und dem Gedanken an ungeahnte Möglichkeiten erfüllt. Gül mochte eine dunkle Haut haben, aber sein Herz unterschied sich nicht sehr von ihrem, und in Rosalinds Augen war es ein gutes Herz.

Sie hätte nicht schlüssig über ihre Beziehung reden können, wenn man es denn so nennen konnte. Es war etwas Privates, Geheimnisvolles, und sie spürte, wie es sich ausbreitete. Sie begann das Geld, das sie für ihr Brautkleid angespart hatte, für Eiscreme auszugeben.

Wenn die Leute Rosalind mit Gül erblickten, sahen sie eine junge Frau an der Spitze einer Schlange Kinder, die sich ihre triefenden Nasen wischten und sie anraunzten, schneller zu machen. Manchmal hatte sie Lizzie dabei, die mit Gül von Anfang an all die süßen Sachen verband, die sie so sehr mochte. In den vergangenen drei Jahren hatte Rosalind bei den Mahlzeiten praktisch automatisch die Rolle der Aufpasserin übernommen, um zu verhindern, dass Lizzie an ihrem Essen erstickte. Aber Eis, das einem wie von selbst die Kehle hinabflutschte, war sicher.

Lizzie wurde zu ihrem Alibi.

Bis Weihnachten hatte Rosalind sämtliche von Lakovskys Eissorten probiert, ganz zu schweigen von den Limonaden, Milchshakes und Sirupgetränken, für die Lizzie schwärmte.

Einmal hatte sie bemerkt, wie Roy Sleath zu ihr herübersah, die Nase in die Höhe gereckt wie der Vater den Schlagstock, und sie hatte zu Gül gesagt: »Ich muss gehen.«

Ansonsten schien nur Mary Brodribb etwas zu ahnen. »Wie geht es deinem neuen Freund?«

»Wovon redest du?«

»Ich habe dich mit ihm vor Harveys gesehen.«

»Oh, du meinst Gül Mehmet …« Und dann erzählte sie, Lakovsky, sein Boss, habe ganz dringend Milch gebraucht.

»Und du verheimlichst mir auch nichts, Ros?« Mary glaubte ihr nicht.

»Ganz bestimmt nicht!«

Mary sah Rosalind an. Sie hörte bei Harveys alle möglichen Dinge. »Du weißt doch, wie es heißt. Es macht einen krank, wenn man nicht sagt, was man fühlt.« Zuletzt komme die Wahrheit doch immer ans Licht. Eine Frau daran hindern zu wollen, ihr Herz auszuschütten, sei genauso unsinnig, als wolle man einen Grubenschacht mit einem Taschentuch abdecken.

Aber es war gefährlich, Mary davon zu erzählen, was sie beschäftigte. Mary war eifersüchtig auf ihre Beziehung mit Oliver Goodmore, und Rosalind hatte den starken Verdacht, Mary wäre nur allzu bereit, ihre Freundin gegen deren Verlobten einzutauschen, ohne sich dessen überhaupt richtig bewusst zu sein.

Abgesehen von Mary sprach niemand darüber, dass Rosalind Filwell plötzlich eine ungewöhnliche Vorliebe für Süßes entdeckt hatte oder dass sie und Gül mehr miteinander redeten, als für den Kauf eines Eises nötig war. An der Kreuzung von Wolfram Street und Kaolin Street. Vor dem Freiberg Arms Hotel, während er sein Pferd tränkte. Wenn er mit einem Eiskübel in der Hand aus Lakovskys Kühlhaus kam. Oder wenn er unterwegs zur Sattlerei der Gebrüder Gilbert war.

Ende November beschloss Lakovsky, seine Milch von Rosalinds Vater zu beziehen, was es ihnen erleichterte, sich zu treffen, ohne Aufsehen zu erregen. Selbst das größte Klatschmaul in Broken Hill dachte sich nichts weiter dabei, wenn er Albert Filwells Tochter mit einem Blecheimer in jeder Hand auf dem Weg zur Eiscremefabrik in der Blende Street sah. Und wenn der weiße Wagen mit Lakovskys Namen manchmal auf der Straße anhielt, um Rosalind mit ihrer Milch mitzunehmen, war auch das nichts Besonderes.

Nachdem er seine anfängliche Scheu überwunden hatte, fragte Gül sie nach ihrem Glauben, wo sie schon überall gewesen sei und nach ihrer aschgrauen Mutter, die sich mit Waschen und Näharbeiten ein Zubrot verdiente. Und nach Lizzie, deren Situation er zu verstehen schien. Für Rosalinds Freundinnen war Lizzie ein seltsames Mädchen mit einer gewaltigen Stirn, die sie sich zwanghaft rieb, und die Selbstgespräche führte, als fürchtete sie sich unablässig vor etwas in ihrem Inneren. In Güls Heimatdorf in der Nähe des Chaiber-Pass hatte es eine Tante gegeben, die viele Steine im Kopf hatte, wie er sagte.

Rosalind brannte vor Neugierde. Gül schien in der Welt herumgekommen zu sein. Eines Nachmittags zog er aus seiner Westentasche eine verknitterte Postkarte der Hagia Sophia und beschrieb leidenschaftlich ihre leuchtenden Farben, die die Schwarzweißfotografie nicht wiedergeben konnte. Er legte seine Hand auf ihre, als sie die Postkarte zurückgeben wollte. »Nein, behalten Sie sie.« Ihre Hände blieben einen Moment so, die eine über der anderen.

Am folgenden Nachmittag riss er sich böse den Handrücken an einem Splitter auf, als er die Eiscremetruhe zur Seite rückte, um Platz für einen ihrer Milcheimer zu schaffen. Sie zog ihr Taschentuch hervor und verband damit seine Hand. Sie spürte einen leichten Schauer, als sie es um die Wunde wickelte und bestätigt fand, was sie die ganze Zeit vermutet hatte. Sein Blut hatte die gleiche zinnoberrote Farbe wie die blutroten Flecken in ihrer Unterwäsche, die sie nie rechtzeitig vorhersehen konnte.

Sie beneidete ihn um das, was er gesehen hatte. Seine Reise nach Istanbul, die Segelboote und Minarette und Kacheln, blauer als der Himmel. War es das, wovon Miss Pollock hinter ihren sonnenverblichenen Vorhängen auf der Oxide Street träumte und was sie so verhungert aussehen ließ? Broken Hill ließ keine Vergleiche zu. Rosalind konnte über Milch, Kuchen und Bergbau reden. Gül stand für das Leben jenseits der Halde. Er war der Beweis dafür, dass die Rakow Street nicht die einzige Straße der Welt war.

Was er alles wusste! Er setzte ihr Bilder in den Kopf. Erstickt von der Enge ihres Lebens, sehnte sie sich nach dem, was ihr entging. Alles, was sie hatte, waren dieses flache Land und der weite Himmel, schwarze und braune Nattern und der dunkelbraune Schlackenhaufen mit seinen blauen und grünen Einsprengseln auf dem Gestein, die von den abgebauten Erzen stammten. Und natürlich Oliver Goodmore.

Jedes Mal, wenn die Erde bebte und die Pferde wieherten, wurde sie an Oliver erinnert. Aber sie hielt ihn aus ihren Gesprächen heraus.

Rosalind erfuhr von Gül die Dinge, von denen er glaubte, sie einem einundzwanzigjährigen Mädchen anvertrauen zu können, das ihn als Einzige freundlich behandelt hatte. Mit der Zeit würden auch andere sich mit fieberhaftem Eifer um die Rekonstruktion von Güls Geschichte bemühen, für die sie zuvor nur Verachtung empfunden hatten.

Schon im Januar hatte Rosalind ihren Vater gefragt, »Was, glaubst du, wo *sie* herkommen?«, und hatte dabei über die Straße in Richtung der Gruppe von Kameltreibern genickt, die lärmend das Haus der Filwells freischaufelten. Statt darauf zu antworten, hatte ihr Vater voller Stolz von Rosalinds Großmutter erzählt, einer Doughty, die von einem Cottage in Farranavara im County Cork nach Australien gekommen war und das Himmelbett aus Rosenholz mitgebracht hatte, in dem er und ihre Mutter jetzt schliefen und in dem alle drei Filwell-Kinder gezeugt und geboren worden waren. Doch zeigte er nie einen Funken Interesse für irgendeinen Menschen aus Ghantown, dessen Herkunft oder Namen. Türken, Hindus, Afghanen, Inder – das war alles ein Volk. Er sah zu dem schmerbäuchigen Vorarbeiter, der – wie sie später erfuhr – Molla Abdullah hieß, und sagte bloß: »Er sieht aus, als komme er aus einem guten Stall.«

Alles, was sie von Gül wusste, hätte sie auf seine Postkarte schreiben können. In ihrer festen, winzigen Handschrift, die Miss Pollock ihr beigebracht hatte.

Gül war ein Afridi aus dem Tirah-Tal, der vor siebzehn Jahren in Australien gelandet war, im dunklen Bauch eines von einem Afghanen gecharterten Schiffes, der ihm drei Pfund monatlich für Kamelhüten versprochen hatte. Güls Plan war es, Geld nach Hause zu schicken und nach drei Jahren in seine Heimat zurückzukehren. Aber es gab nicht genügend Arbeit für Kameltreiber, und Gül war plötzlich mittellos. Da ihm das Geld für die Heimreise fehlte, hatte er als Gleisarbeiter Schotter gestreut, für kurze Zeit bei einer Firma für Tiefenbohrungen gearbeitet und Schwellen für die Verlängerung der Bahnlinie nach Wilcannia gesägt, bevor es ihn nach Broken Hill verschlug, wo er einen irischen Bergmann dazu überredete, ihm beizubringen, wie man mit Hammer und Drill umgeht, und sich einen Job als Lastwagenfahrer unter Tage für sieben Shilling und acht Pence am Tag besorgte. Er erzählte ihr, er habe genügend Geld gespart gehabt, um in die Türkei zu reisen und dort eine Zeit lang zu bleiben, aber bei seiner Rückkehr nach Broken Hill habe er erfahren, dass die Bergleute ihre Jobs verloren hatten, weil sämtliche Verträge mit den Hauptabnehmern des in Broken Hill geförderten Bleis und Zinks, den deutschen Schmelzhütten, aufgekündigt worden waren. Also wurde er wieder Kameltreiber, brachte Post und Lebensmittel zu den Schaf-Farmen und kehrte mit Wollballen zurück. Aber der Krieg verschonte auch das Kamelgewerbe nicht, und Anfang November hatte er schließlich einen Eiswagen von einem Italiener gekauft. Seine erste Begegnung mit Rosalind in der Argent Street fand statt, nachdem Leo Lakovsky ihn angestellt hatte, um mit seinem Wagen durch Broken Hill zu fahren und Eis zu verkaufen. Er gestand ihr, dass er sein Englisch nicht von Lakovsky hatte, sondern von einer Gruppe Sandelholzfäller aus Tarrawingee. Außerdem sagte er, er hätte nach wie vor die Absicht, in seine Heimat zurückzukehren und sich dort niederzulassen.

Rosalind konnte nicht behaupten, sie *kenne* Gül. Es gelang ihr nie, sein Geheimnis zu durchdringen oder ihn zu verstehen; sie waren wie zwei unterschiedlich gefärbte Fäden, die einander überkreuzten. Er gehörte in die gleiche Kategorie wie Miss Pollock, die ihre Neugierde entfacht hatte. Aber er war wie die Kakadus, die in den Gummibäumen entlang des Flusses kreischten; seine Gegenwart machte den Ort weniger einsam.

Auch bei Gül setzte der Aufruhr in seinem Innern aus, wenn er sie sah, und für einen Moment schwanden der Schrecken darüber, was man ihm angetan hatte, genauso wie die Furcht und das ständige Gefühl der Einsamkeit, die ihn unter den Ungläubigen beschlichen.

Wer überredete wen? Für einige in der Stadt war es Gül; andere glaubten, es sei Molla Abdullah gewesen. Wahrscheinlich entwickelten sie den Plan gemeinsam, kurz nachdem man Gül aus dem Festsaal hinausgeworfen hatte. Großer Anstiftung bedurfte es da sicher nicht. Gül hatte bis dahin jede Menge Spott erdulden müssen. Und Molla Abdullah war ohnehin ganz außer sich, nachdem Clarence Dowter zum zweiten Mal ein Bußgeld gegen ihn verhängt hatte.

Je nachdem, wem man zuhörte, kannten sich die beiden kaum, oder aber sie kannten sich schon seit Jahren. Unstrittig war, dass Molla Abdullah nach einem Brand in seiner Unterkunft in der Williams Street vorübergehend in einer Wellblechhütte direkt neben dem sackleinenen Biwak lebte, in dem Gül nach der Rückkehr von seinen jüngsten Reisen Unterschlupf gefunden hatte.

Gül war freundlich und offen und überlegter in seinem Handeln. Sein Nachbar war ein alter Kameltreiber, der ein Bein nachzog. Vor einigen Jahren war Molla Abdullah zwischen einen tobenden Kamelbullen in der *Musth* und seine Kuh geraten, und der Bulle hatte ein Stück Fleisch aus seinem rechten Bein gerissen. Seither lief Molla Abdullah gekrümmt, wie jemand, der unter Magenschmerzen leidet oder fürchtet, jeden Moment von einem Stein am Kopf getroffen zu werden.

In einer Kleinstadt bewerfen die Kinder Leute mit Steinen, weil das für sie zu den unterhaltsamen Dingen des

Lebens gehört. Seine Hautfarbe, die seltsame Kleidung und die nicht angelsächsische Herkunft machten Molla Abdullah – ein zurückhaltender, einfacher, kindlicher Mensch – zu einem unwiderstehlichen Ziel. Die Jungen lachten, wenn er vorbeigehumpelt kam, und jagten ihn die Straße hinab. Er wehrte sich nie, aber mehr als einmal beklagte er sich bei Sergeant Sleath, der jedes Mal versprach, ein ernstes Wort mit den Bengeln zu reden.

Molla Abdullah hatte andere Gründe, verbittert zu sein. Neben seiner Tätigkeit als Imam im Camel Camp, der das Freitaggebet leitete und wegen eines fehlenden festen Geistlichen Beerdigungen abhielt, war er auch der Metzger der Gemeinde, der die Tiere in der für Muslime vorgeschriebenen Weise tötete. Die Tatsache, dass er in der gewerkschaftlich am stärksten organisierten Stadt im Land nicht Mitglied der Metzger-Innung war, hatte ihm die Gegnerschaft derjenigen eingebracht, die keine Ausrede brauchten, um einen Paschtunen von der Nordwestgrenze Indiens als feindlichen Ausländer zu behandeln.

Seit seiner Ankunft in Broken Hill vor achtzehn Jahren hatte Molla Abdullah Tiere im North Camel Camp geschlachtet und zerlegt, außer Sichtweite der Stadt. Es hatte dagegen keinerlei Beanstandungen durch den Gemeinderat gegeben, bis vor einem Jahr Olivers Onkel Gesundheitsinspektor wurde.

Vielleicht rührte Clarence Dowters Übereifer daher, dass er keine offizielle Qualifikation besaß. Zweimal hatte er versucht, die dazu notwendige Prüfung abzulegen, und beide Male war er durchgefallen. »Warum sollte die Gemeinde für Mr Dowter eine Ausnahme machen?«, war die feste Meinung von Ratsmitglied Turbill. Aber nachdem Turbill abgesetzt worden war und seine Schlüssel übergeben hatte, wandte sich Bürgermeister Brody an Dowter, den er aus der Zeit kannte, als Dowter die Arbeiterkolonne beim Bau der Wasserleitung von Silverton nach Broken Hill beaufsichtigt hatte.

1913 wurde Dowter zum Gesundheitsinspektor ernannt. Er mochte zwar kein Zeugnis besitzen, brachte aber genügend Durchsetzungskraft mit. Und er war Gewerkschaftler. Er gehörte nicht »zu jenen Herren mit silbernen Schläfen, die dem Gesundheitswesen keinen großen Dienst erweisen«.

Dowter machte sich an die Arbeit, und er schonte niemanden. Als er den Zustand der Fußböden in den Rathaustoiletten sah, ließ er Münzschlösser anbringen und warf den Ratsmitgliedern vor, ihr Reinlichkeitsempfinden mache ihnen »alles andere als Ehre«.

Fest entschlossen, sich im Kampf gegen Scharlach, Diphterie, Lungenentzündung und Typhus zu beweisen, entwickelte Dowter sich zum Tyrannen gegen alle Art von Schmutz. Unter Verweis auf die Bestimmungen des Lebensmittelreinheitsgesetzes verhängte er ein Bußgeld gegen einen Ladenbesitzer, weil er Butter verkauft hatte, die sich nach Dowters Auffassung »nicht einmal als Stiefelfett eignete«. Er verfolgte einen jungen Mann mit einem verdächtigen Milchgespann – »je lauter er ihm hinterherrief, desto panischer trieb der Fahrer sein Pferd an«, berichtete der *Barrier Miner* –, bis der Wagen gegen einen Stein fuhr und umkippte, woraufhin Dowter acht Proben nahm und ging. Er erstattete Anzeige gegen eine Frau, die eine verlauste Trage verkauft hatte, und gegen eine andere, weil sie ihren Putzeimer auf der Straße geleert hatte.

Und er verfolgte jeden, den er verdächtigte, gegen die Markt-, Schlachthof- und Viehmarktgesetze von Broken Hill zu verstoßen.

In seinem ersten Amtsjahr ließ der ehemalige Leitungsleger ohne Zeugnis zwei Metzger gerichtlich vorladen, weil sie ihr Fleisch auf offenen Wagen transportiert hatten. Einen der Männer hatte er in der Slag Street angehalten. Er hatte buchstäblich auf dem Fleisch gesessen, die Fliegen wie Möwen hinter sich herziehend. Seine Arbeitshose war bis zu den Knöcheln mit Blut getränkt, und eine Schafskeule drohte jeden Moment herunterzufallen. Er verklagte einen dritten Metzger, weil dieser sein Hackfleisch in einem Raum lagerte, dessen Boden von einer »beträchtlichen Schleimschicht« überzogen war, und zwei Schweinestallbesitzer, weil sie ihre Stallungen nicht sauber hielten. Am schärfsten aber überwachte er Molla Abdullah, den Metzger von Ghantown.

Dowter hatte bereits eine Verwarnung gegen die Anwohner von Ghantown ausgesprochen, nachdem er entdeckt hatte, dass sie auf dem städtischen Friedhof, in dem kleinen, für Muslime reservierten Teil, unbefugt ein Grab ausgehoben hatten. Mit strengen Worten erinnerte er sie daran, dass nur die städtischen Totengräber dies durften, auch wenn es den Afghanen erlaubt war, den Leichnam herzurichten und in den Sarg zu legen, solange sie den Deckel nicht festschraubten.

Dowter nahm Anstoß daran, dass die Afghanen und Inder des Ortes nur das Fleisch von Tieren aßen, die von ihren eigenen Leuten geschlachtet wurden. Kurz nach seiner Ernennung hatte er einen Brief von den Bewohnern von Ghantown erhalten, in dem sie »im Namen religiöser Freiheit« um eine Genehmigung für Molla Abdullah baten, Tiere in ihrem Lager töten zu dürfen, statt im Schlachthof, wo Schafe und Rinder zusammen mit Schweinen geschlachtet wurden (»die nach den Gesetzen unserer Religion unreine Tiere sind«). Der für den Schlachthof zuständige Ausschuss hatte die Bitte auf Dowters Geheiß abgelehnt. »Es gibt hier fünfzig verschiedene Konfessionen, deren Angehörige dann ebenfalls Privilegien beanspruchen.«

Für Molla Abdullah würde es keine Ausnahme geben.

Im April erhob Dowter erstmals Anzeige gegen ihn, weil er ein Schaf im North Camel Camp statt im städtischen Schlachthof geschlachtet hatte. Vor Gericht las der

Metzger von Ghantown stockend von einem Blatt Papier ab: »Ich nicht schuldig, nicht gewusst, gegen Gesetz zu verstoßen, Entschuldigung vielmals, ich nicht wieder tun.«

Vor die Wahl gestellt, ein Bußgeld von einem Pfund zu bezahlen oder sieben Tage ins Gefängnis zu gehen, entschied Molla Abdullah sich für das Bußgeld. Dowter hatte nicht auf die Verhängung der Höchststrafe von zwanzig Pfund gedrängt.

Vierzehn Tage nachdem er bei Stack & Tyndall's aufgekreuzt war und Rosalind nach der Reinheit von Gül Mehmets Eiscreme befragt hatte, besuchte der Gesundheitsinspektor erneut Ghantown und entdeckte vier über einen Zaun hängende Schaffelle.

Er sah sich nach Molla Abdullah um und erblickte ihn über ein Feuer gebeugt. Aus einer schwarzen Pfanne, in der irgendetwas brutzelte, stieg Rauch auf.

Beim Anblick des Gesundheitsinspektors lächelte Molla Abdullah gequält und entblößte dabei zwei braune Zähne. Dann erhob er sich langsam.

Er stand mit gesenktem Blick da und wartete.

Mit emotionsloser Stimme erläuterte Dowter die Vorschrift, nach der jedes im Schlachthof getötete Tier einen wasserbeständigen roten Stempel tragen müsse.

»Auf diesem Schlachtfleisch sehe ich keinen Stempel.«

Molla Abdullah sah zu ihm auf. »Nicht verstehe. Nicht verstehe.«

»Das hast du schon beim letzten Mal gesagt. Aber nicht zu verstehen schützt vor Strafe nicht.«

Molla Abdullah wiederholte seinen Satz.

Der Wortschatz des Mannes erschien dem Gesundheitsinspektor unerträglich dürftig. Er schob seinen rechten Stiefel vor und begann mit der Spitze einen Kreis auf dem Boden zu ziehen.

In der Hütte nebenan öffnete eine Frau die Tür und sah hinaus. Dann drehte sie sich um und flüsterte mit jemandem.

Ringsum erschienen neugierige Gesichter in den Fenstern und lauschten. Molla Abdullah erhob klagend seine Stimme. Der Gesundheitsinspektor schwieg. Sein Stiefel fuhr weiter im Kreis über den Boden, als wäre er dabei, die Welt zu erschaffen.

In dieser angespannten Situation kam Gül aus seiner Hütte und lief zu ihnen hinüber.

Dowter erkannte Gül sofort von der Eiscremefabrik in der Blende Street. Als Gül sich als Dolmetscher anbot, sah Dowter ihn bloß misstrauisch und abweisend an. Er hatte den Gebetsteppich neben den Eisfässern nicht vergessen. »Glaube nur nicht, ich hätte nicht auch ein Auge auf dich. Aber wo du schon einmal da bist, kannst du deinen Kumpel fragen, ob er die Schafe hier auf dem Gelände geschlachtet hat.«

Gül wandte sich an Molla Abdullah und die beiden Männer redeten aufgebracht miteinander. Ja, er habe die

Schafe vor Ort getötet. Aber der Schlachthof wurde bestreikt.

Dowter sah Gül gleichgültig an. Die Tatsache, dass der Schlachthof nicht in Betrieb war, bedeutete nicht, dass man ihn nicht nutzen konnte. Ein Schlachter war dadurch keineswegs von den geltenden Vorschriften befreit. Noch berechtigte es dazu, heimlich und unter der Hand zu schlachten. »Er hat gegen geltende Gesetze verstoßen. Also wird er eine Strafe zahlen müssen.«

Molla Abdullah packte Güls Arm und wollte, dass er Dowter seine Position erklärte. Er schwor beim Barte des Propheten und den Gebeinen seiner sieben Vorfahren, dass er sein Fleisch nur an die eigenen Leute und niemals an eine öffentliche Kundschaft verkaufe.

»Ist das so?«, sagte Dowter nachdenklich. Er kratzte weiter mit seiner Stiefelspitze am Boden, als hoffte er, auf irgendetwas zu stoßen. »Vielleicht fragst du deinen Kumpel einmal, ob er Mitglied der Australasischen Vereinigten Metzgergenossenschaft ist?«

Diese Mal wurde gegen Molla Abdullah ein Bußgeld von 3 Pfund zuzüglich der sechs Shilling Gerichtskosten verhängt. Der Polizeirichter gab ihm eine Zahlungsfrist bis Ende Dezember, anderenfalls drohe ihm eine einmonatige Gefängnisstrafe.

Eine Wüste schloss sich um den alten Mann. Er hörte, wie sein Name in verunglimpfendem Tonfall durch den Gerichtssaal gerufen wurde, in einer Sprache, die er weder sprechen noch schreiben konnte, und er fragte sich, wie sein Leben nur so tief im Schmutz hatte versinken können.

Nachdem er eilig das Gerichtsgebäude verlassen hatte, kämpfte Molla Abdullah sich die Straße entlang. Ein harter Gegenstand traf ihn an der Schulter, und er wirbelte mit wütendem Blick herum. Er nahm den Stein von der Straße und schleuderte ihn gegen die johlende Horde Jungen und Mädchen, woraufhin ein Mädchen mit wunden Stellen im Gesicht aufschrie.

Er stolperte vorwärts. Seine Schläfen schmerzten. Zurück in Ghantown, verfiel er zwei Wochen lang in einen apathischen Zustand, aus dem allein Gül Mehmet ihn befreien konnte.

Spät am Weihnachtsabend kehrte Gül ins Camel Camp zurück und betrat aufgebracht Molla Abdullahs Hütte. Er zog eine Handvoll *pituri* hervor, das sie auf dem Boden sitzend durch eine langstielige Bambuspfeife rauchten, während sie ihre missliche Lage diskutierten.

Gül war kampfeslustig, nachdem man ihn aus dem Festsaal geworfen hatte. Er hatte Haltung bewahrt, bis er das Gebäude verlassen hatte, aber während des Heimwegs mit seinen beiden Begleitern verfolgte ihn das Bild von Rosalind Filwell, deren Blick durch ihn hindurch und in weite Ferne gegangen war.

Dennoch – sie hatte nichts unternommen, um Oliver

Goodmore und seinem höhnenden Mob Einhalt zu gebieten.

In einer raschen Folge von Bildern erinnerte er sich an Goodmores Gesicht und wie Alf Fiddaman und Roy Sleath ihn zum Ausgang gedrängt und ihn einen »Lakovskys kleiner Türke« genannt hatten. Diese weißen Männer und ihre Familien waren bei den Festen im Camel Camp Ehrengäste gewesen. Warum sollte Gül und seinen Freunden der Zutritt zu einer Tanzveranstaltung in Broken Hill verwehrt bleiben? War es nicht genauso Güls Stadt wie die von Oliver Goodmore? Besaßen Gül Mehmet und Molla Abdullah nicht auch britische Pässe?

So leckten sie ihre Wunden. Je später es wurde, desto stärker empfanden sie das erlittene Unrecht und ihre eigene Hilflosigkeit, etwas dagegen zu unternehmen.

Molla Abdullah war nach seinem Auftritt vor Gericht vor zwei Wochen immer noch zutiefst deprimiert. Er konnte die 3 Pfund Strafe bis Ende Dezember nicht bezahlen. Sein unversichertes kleines Haus in der Williams Street war bei einem Feuer, ausgelöst durch siedendes Fett in der Pfanne, völlig niedergebrannt. Er hatte alles verloren. Und in weniger als einer Woche drohte ihm der Verlust der Freiheit, weil Dowter auf der Einhaltung von Vorschriften beharrte, die seinen religiösen Grundsätzen widersprachen und für ihn keinen Sinn ergaben.

»Wir hätten beide schon vor langer Zeit nach Hause zurückkehren sollen.« Gül seufzte bedächtig.

Molla Abdullah zupfte an seinem Bart und schüttelte zornig den Kopf. Selbst wenn er das Geld für die Überfahrt gehabt hätte, lebte in Indien niemand mehr von seiner Familie. Er hatte keinen Grund mehr zu leben – und dank Dowters Verbänden durfte er nicht einmal sein eigenes Grab schaufeln!

Seit seiner Ankunft in Australien vor fast zwei Jahrzehnten hatte Molla Abdullah Erniedrigung und Schande ertragen, sie immer wieder hinuntergeschluckt, und jetzt, während er mit Gül in seiner verräucherten Hütte saß, kamen sie zum Ausbruch und mündeten in Empörung.

Der türkische Sultan hatte recht. Europäer wie Clarence Dowter waren eine Beleidigung des Islams – und Oliver Goodmore und seine Freunde waren nicht besser. Sie durchtrennten die Lebensadern. Sie waren unreine Schweine.

Weder Gül noch Molla Abdullah mussten daran erinnert werden, dass sich die Türkei im Krieg mit Australien befand und dass der Sultan erst vor fünf Wochen zum Heiligen Krieg gegen die Entente-Mächte aufgerufen hatte, »die Todfeinde des Islam«, und alle Muslime, ob jung oder alt, zu Fuß oder zu Pferde, zu seiner Unterstützung verpflichtet waren. Wäre der Krieg früher ausgebrochen, als er noch in Istanbul war, gestand Gül sich ein und streckte seine langen Beine aus, dann wäre er der türkischen Armee beigetreten und hätte gekämpft.

Vermutlich machte Gül an dieser Stelle seinen verwegenen Vorschlag: Sie sollten dem Ruf des Sultans folgen, zu den Waffen greifen und den Heldentod sterben, indem sie seine Feinde tausende Meilen von der Heimat entfernt attackierten. Sie waren als Türken gebrandmarkt, was konnten sie schon verlieren, wenn sie sich wie Türken verhielten? Wäre es nicht besser, ihr Dasein als Verfolgte in Broken Hill aufzugeben und mit der Gewissheit auf Glückseligkeit im kommenden Leben zu sterben, indem sie so viele Australier wie möglich töteten? Die Australier verübten schreckliche Dinge an den Rechtgläubigen, nicht nur in Broken Hill, sondern auch in Ägypten und zweifellos bald auch in der Türkei. Warum sie nicht angreifen, hier in Broken Hill, in der Wüste?

Molla Abdullahs Augen blitzten wie züngelnde Flammen, die plötzlich über einer heißen Pfanne tanzten, während er in der Hütte hin und her lief. Auf die gleiche Weise war sein Haus in der Williams Street niedergebrannt.

Aber am Morgen waren die Hitze und das Flackern immer noch da.

Nachdem die Entscheidung getroffen war, fühlte Gül sich heiter, wie schwerelos. In der Gemeinde, deren Zerstörung er jetzt als seine Pflicht ansah, hatte nur Rosalind ihn anständig behandelt, und vielleicht noch ihre Schwester. Aber er dachte nicht länger an sie. Er war in eine zweite Existenz hinübergewechselt, die ihn mit stiller Verzückung erfüllte und parallel zu der verlief, in der er am nächsten Morgen aufwachte und seiner Arbeit nachging.

Gül und Mollah Abdullah rauchten kein Haschisch mehr, aber sie redeten viel im Verlauf der nächsten sechs Tage. Sie diskutierten, wie ihr Kreuzzug aussehen sollte. Sie erkundeten den Verlauf der Eisenbahnlinie. Auf dem Rückweg kollidierten Molla Abdullahs Kamele mit Albert Filwells Milchwagen. Und sie legten eine Zeit und ein Datum fest: der Morgen, an dem Molla Abdullah verhaftet werden sollte.

Nachdem Ort und Zeitpunkt feststanden, machten sie sich unverzüglich an die Arbeit. Der Metzger übernahm das Schneidern der türkischen Uniformen, in denen zu kämpfen sie geschworen hatten. Der Eiscremeverkäufer sollte, weil er Englisch sprach, Waffen und Munition organisieren.

Dem Verkäufer im Geschäft in der Slag Street erzählte Gül, er brauche die Büchsen für die Kaninchenjagd. Zu Frank Pincombe, in dessen Laden er für zwei Shilling achtzig Snider-Bleispitzpatronen kaufte, sagte er nichts, aber Pincombe war mehr als zufrieden, das alte Zeug loszuwerden. Im Geschäft gegenüber erstand Gül zwei besonders robuste Patronengurte, jeweils gut einen Meter lang und zwei Zentimeter breit, sowie zwei Paar Überhosen, die er am Silvesterabend abholte.

Zur gleichen Zeit an diesem Abend, als Rosalind in der Küche ihrer Mutter in der Rakow Street Sandwiches mit

Hammelfleisch und Salat zubereitete, saßen die beiden Männer in Güls Hütte und färbten ein Baumwolltischtuch mit Schafblut. Auf das blutrote Tuch stickte Gül eine gelbe Mondsichel und einen Stern, damit es aussah wie die Flagge des osmanischen Reiches. Anschließend falteten sie sie zusammen und legten sie in die Eisbox mit den Patronengurten, einem belgischen Marinerevolver, einem neuen Schlachtermesser und den beiden Büchsen: eine Snider-Enfield für Molla Abdullah, die Gül für 5 Pfund erstanden hatte, und ein Martini-Henry Hinterlader mit langem Stahllauf für ihn.

Während die Sonne flackernd hinter den Blättern der Dattelpalmen aufging, schrieben beide ein Bekennerschreiben, das sie unter ihren Kummerbund schoben.

In seinem Schreiben, das er in einer Mischung aus Urdu und Dari verfasste, erklärte Molla Abdullah, dass er für niemanden außer Clarence Dowter Feindschaft empfinde. *An einem Tag beschuldigte der Inspektor mich. An einem anderen bettelte und flehte ich ihn an, aber er hörte mir nicht zu. Ich saß da und brütete voller Zorn. In dem Augenblick kam Gül Mehmet zu mir, und wir erzählten einander unser Leid. Ich frohlockte und schloss mich seinen Plänen bereitwillig an und bat Gott um einen schmerzlosen Tod für meinen Glauben. Ich habe seit dem Tag, an dem einige Jugendliche mich mit Steinen beworfen haben, keinen Turban mehr getragen, und das ist mir nicht leichtgefallen. Heute trage ich einen Turban.*

Molla Abdullahs Groll gegen den Inspektor war so stark, dass er Dowter als Erstes töten wollte.

Gül schrieb:

Ich muss eure Leute töten und auf Geheiß des Sultans mein Leben für meinen Glauben opfern, weil eure Leute sein Land bekämpfen.

Er überlegte hinzuzufügen, dass er niemanden über sein Vorhaben informiert habe, um Rosalind Filwell nicht in die Sache hineinzuziehen.

An diesem Abend gingen die beiden Männer dreimal durch den Eingang in die Moschee, lasen unter Anleitung von Molla Abdullah aus dem Koran und sprachen ihre Gebete. Der Gedanke an seinen Tod ängstigte Gül nicht, wenn er an den bevorstehenden Ruhm und die Reichtümer dachte, die den im Kampf Gefallenen zuteil wurden.

Die Köpfe nach Norden gewandt, schliefen sie einige Stunden und standen dann in aller Frühe auf, um sich auf rituelle Weise zu rasieren und zu reinigen. Sie wuschen sich gründlich am ganzen Körper mit Wasser aus einem Feldgeschirr und massierten Hände, Unterarme und Füße mit parfümierten Ölen und Moschus. Nachdem er seinen Bart abgeschnitten und sein Kinn rasiert hatte, zog Molla Abdullah ein kragenloses Hemd mit Seidenbesatz an. Er trug Ringe an Fingern und Zehen, Kajal um die Augen und hatte auf seinem kahlen Schädel eine kleine blaue Kappe, die mit Spiegelscherben verziert und einer Borte bestickt war, in der Art, wie die Wüstenstämme um Kandahar sie tragen. Zuletzt zogen sie ihre roten Jacken und die Überhosen an und setzten ihre weißen Seidenturbane auf.

Kurz vor fünf Uhr früh kletterte Allahs zweiköpfige Armee auf Güls Eiswagen und fuhr, gezogen von seinem rotbraunen Pferd, aus Ghantown die Rakow Street hinunter und weiter entlang der Eisenbahnlinie in Richtung Silverton, um Australien den Krieg zu erklären.

3

»Platz nehmen zur Vergnügungsfahrt!«

»Nicht drängeln!«

Über Rosalind hängt der Rauch der Lokomotive waagerecht und bewegungslos in der Luft wie einer von Olivers Pfeifenputzern.

Als eine der Letzten erscheint Miss Pollock, die auf dem Bahnsteig für einiges Aufsehen sorgt mit ihrem knielangen orangefarbenen Kleid, hohen weißen Schnürstiefeln, dazu scharlachroten und smaragdgrünen Bändern, die sie wie eine Tangotänzerin um die Waden gebunden hat.

Eine Dreitonpfeife ertönt. Jim Nankivell, der Lokomotivführer, beugt sich aus dem Führerhaus und winkt. Um Punkt zehn rollt nach mehreren ruckartigen Stößen der längste und bestbesetzte Picknickzug, der Broken Hill jemals verlassen hat, aus dem Bahnhof.

Unter Hüten und Sonnenschirmen nehmen hunderte Passagiere fröhlich plaudernd und winkend in den vierzig gereinigten Erzwagen Platz. Körbe, Decken und Schaukeln, die später an Ästen aufgehängt werden sollen, liegen unter den Bänken verstaut.

Rosalind sieht sich in dem offenen Erzwagen um, in dem einst Zink und Blei für deutsche Kugeln transportiert wurden und in dem jetzt Mrs Rasp sitzt, die sich die Lippen mit einem rhabarberroten Lippenstift schminkt.

Mrs Rasp hat sich inzwischen von Mrs Kneeshaw abgewandt und erzählt, während sie die Farbe aufträgt, dem Gesundheitsinspektor von ihrem Freund, dem Ratsherrn Turbill, der sich vor zwei Wochen in Adelaide erschossen hat – »obwohl er ein sorgenfreies Leben hatte«. Sie leckt sich die Lippen. Diese Ausflüge machen sie immer ganz gesprächig. Sie empfindet es als tröstlich, über das Versagen ihrer Freunde nachzusinnen und sich in übertriebenem Mitleid zu ergehen. »Man fand ihn leblos mit einem Loch in der Schläfe und einer rostigen Pistole in der rechten Hand.«

Oliver bekommt von alledem nichts mit. Er hat bereits sein Jackett ausgezogen und sich zu Roy und Alf gesetzt. Sie haben die Köpfe zusammengesteckt und diskutieren über Rugby. Mindestens die Hälfte der Spieler der ersten Liga haben sich zum Kriegsdienst gemeldet, sagt Oliver ernst, und die Regionalliga wird für die nächste Saison neu zusammengestellt werden müssen. Er nimmt einen Schluck aus Roys Wasserbeutel.

In der Umgebung von Rosalind, die Olivers Platz mit ihrem Picknickkorb verteidigt, damit Mrs Rasp sich nicht weiter ausbreitet, wird über die Wettläufe in Silverton gesprochen.

Mrs Kneeshaw spricht Rosalind von der Seite an. »Bei Oliver bin ich mir sicher« – sein Name klingt hässlich aus ihrem Mund; sie verdächtigt Oliver Goodmore, zu jenen Extremisten zu gehören, die ausrückende Rekruten wie Mrs Rasps Sohn Reginald mit Steinen und Beschimpfungen verabschieden –, »aber wirst auch du an den heutigen Wettläufen teilnehmen?«

Noch etwas, das Rosalind bisher nicht entschieden hat. Sie schiebt ihren Korb einige Zentimeter weiter nach rechts. Man hat den Erzwagen mit dem Schlauch ausgespritzt, aber er riecht dennoch metallisch.

Sie hat das Gefühl, außer Atem zu sein, was nicht allein an der überhitzten Luft liegen kann.

»Vielleicht laufe ich bei den unverheirateten Frauen mit.« Und anschließend, während ihre Mutter und Lizzie einen Garten in Penrose Park besuchen, wird Oliver sie ein Stück flussaufwärts führen.

Mrs Kneeshaw zeigt Verständnis. »Im letzten Jahr hatte meine Tochter wegen der extremen Hitze Probleme, bis zum Ziel durchzuhalten, und heute könnte es noch heißer werden.«

»Oder«, fährt Rosalind fort, während ihre Brüste unter ihrer Bluse zwicken, »ich nehme beim Nagelwettbewerb der Frauen teil.«

Mrs Lakovsky macht gurrende Vogellaute für ihr jüngstes Baby, das nach saurer Milch riecht, während sie gleichzeitig den dreijährigen Ivan unter der Bank hervorzuziehen versucht. Kleine schwarze Fliegen tanzen in der Luft. Und Mrs Rasp betrauert weiter ihren toten Ratsherrn. Sie sieht sehr weiß aus in ihrem weiten Kleid und dem neuen Strohhut, mit dem sie die Sonne verdecken könnte.

»Angeblich war die Pistole defekt und könnte versehentlich losgegangen sein, als er in die Mündung schaute und mit einem Nagel nach der scharfen Patrone stocherte.«

»Was ihm durchaus zuzutrauen wäre«, bemerkt Mr Dowter, ohne seine Bosheit zu verbergen. Turbill war als Einziger im Gemeinderat entschieden dagegen gewesen, Dowter ohne Qualifikation einzustellen.

Mrs Kneeshaw sieht Rosalind noch immer an und denkt: Sie hat eine gute Figur und dichtes schwarzes Haar, aber ein eher ausdrucksloses Gesicht. »Bist du zufrieden mit deinem Job bei Stack & Tyndall's?«, fragt sie.

»Oh, ja, Mrs Kneeshaw, ich denke schon.«

»Die Rotkreuzgesellschaft sucht eine Krankenschwester«, sagt sie lächelnd. Sie hat weiße, unterschiedlich lange Zähne. »Miss Pollock ist überzeugt, dass du eine erstklassige Schwester abgeben würdest, Rosalind. Und ich denke, sie hat recht.«

»Ich … eine Krankenschwester?« Rosalind fehlen die Worte, als hätte man sie aufgefordert, Cornelius Hayballs Sonntagspredigt zusammenzufassen. Sie hat nichts erlebt, und deshalb weiß sie auch nichts. Oliver hat seine Maschinen und seinen Werkzeugkasten. Wie kann sie hoffen, irgendwen wiederherzustellen?

Sie sieht auf ihre Handflächen herab. »Ich weiß nicht, ob ich dafür geeignet wäre.«

»Nun, wenn du deine Meinung änderst«, sagt Mrs Kneeshaw und beugt sich vor. Sie möchte ihre Hand ausstrecken. Sie hat Rosalind mit Lizzie beobachtet. Und auch mit Oliver. »Du weißt, Rosalind, du kannst jederzeit zu mir kommen, wenn du über etwas reden möchtest.«

Plötzlich möchte Rosalind unbedingt über etwas reden, aber Oliver zwängt sich direkt neben sie.

Die Abraumhalde liegt hinter ihnen im grellen Sonnenlicht, ihres Schattens und ihrer beklemmenden Stärke beraubt. Stattdessen ragt Oliver drohend über ihr auf.

Aus Gewohnheit beginnt er seine Pfeife zu stopfen. Aber es ist zu heiß zum Rauchen. Selbst Clarence Dowters Zigarette verschwindet mit einem schnappenden Geräusch in dem silbernen Etui.

Oliver lehnt sich zurück, Mrs Kneeshaw ebenso.

Über dem niedrigen Rand des Waggons erscheint der Morgen als ein Durcheinander aus Dächern und Zäunen. Der Zug fährt vorbei an Häusern und Gärten, die ein wenig nach Dung riechen. Beim Übergang an der Rakow Street verlangsamt er das Tempo.

Im Hof stehen die Kühe und Kälber trinkend am Wassertrog. Ihre Schatten bilden schwarze Lachen am Boden.

»Das da ist dein Zimmer, nicht wahr?«, sagt Oliver und deutet mit dem Pfeifenstiel auf ein Fenster, um sie in ein Gespräch zu verwickeln.

Ihr Blick fällt auf den sich abzeichnenden kleinen runden Gegenstand in seiner Hemdtasche, auf die Haare in seinen Nasenlöchern und das Mundstück seiner Kirschholzpfeife. Einmal hat sie im Spaß daran gezogen und den unglaublich bitteren Geschmack eines Kügelchens klebrigen Teers im Mund gehabt. Sie weiß noch, wie sie laut aufgeschrien hatte.

»Ja.« Sie verzieht ihre Lippen. Sie kann es nicht lassen, ihren zukünftigen Ehemann zu verurteilen, zum Beispiel für seine schmutzigen Fingernägel.

Oliver hingegen strahlt. Vor einer Stunde, als er Obst für das Picknick kaufte, erzählte Alf Fiddaman ihm, er habe ein Haus in der Mercury Street zu vermieten. Das Paar, das dort wohne, ziehe mit seinen beiden kleinen Kindern nach Hobart.

»Würdest du das Haus mit mir ansehen, Rosalind?«

»Wenn du möchtest.« Die positiven, aber unverbindlichen Worte verbergen ihre Bestürzung.

»Wie wär's mit morgen?« Er kann sie gar nicht genug anschauen, obwohl sein treuer Blick nicht zu seinem sonnenverbrannten Gesicht passt. Er rückt näher. »Alf sagt, es sei ideal für eine junge Familie …« Ihre Schatten fließen auf dem Wagenboden ineinander und verschmelzen zu einem sich aufrichtenden, kampfeslustigen Wesen.

Sie sieht aus, als würde sie jeden Moment in Schweiß ausbrechen.

»Ich glaube …« Die Worte sind zu groß, um sie aussprechen zu können. Sie spürt, dass Mrs Kneeshaw sie beobachtet, während sie einen zweiten Anlauf nimmt.

»Vielleicht morgen.« Sie rückt ihren pinkfarbenen Hut zurecht.

Ein Schleier ist zwischen ihnen, aber er scheint ihn nicht wahrzunehmen.

Sie schließt die Augen, um seinem Blick zu entkommen. Das Rauschen des Bosporus klingt in ihren Ohren, und weiße, dreieckige Segel kreuzen hinter ihren Lidern. Sie sieht sich selbst am Ufer des Roten Meers, wie sie Wunden verbindet.

Als sie die Augen wieder aufschlägt, zieht Clarence Dowter seine Jacke aus. Er kramt eine Taschenuhr hervor und schaut nach der Uhrzeit, bevor er mit glasigem Blick zu ihr herübersieht, als könnte er ihre Gedanken lesen. Sie erinnert sich, wie sie bestritten hat, den Wollfaden verschluckt zu haben, und lächelt.

»Emmy wollte, dass ich zu Hause bleibe, aber ich habe noch bei keinem Oddfellows Picknick gefehlt.«

Das vertraute Lachen ihres Vaters gibt Rosalind Gelegenheit, sich umzublicken. An der Frontseite des Waggons, mit dem Rücken in Fahrtrichtung, sitzt aufgereiht ihre Familie.

Rosalind wollte sich nicht zu ihnen gesellen. Der Streit mit ihrer Mutter über Oliver war noch nicht ausgestanden, als sie den Zug bestiegen hat. Und sie möchte ihn erst aus der Welt schaffen.

Den Arm in einer frischen Schlinge, die sie ihm am Morgen angelegt hat, plaudert ihr Vater mit einem kleinen, fröhlich dreinblickenden Mann mit einer großen Fliege um den Hals.

Rosalind beugt sich vor und winkt ihrer Mutter zu. Sie fürchtet, sie könne noch bedrückt wegen ihres Gesprächs sein. Aber ihre Mutter ist mit Lizzie beschäftigt, die von Oliver einen Pfirsich bekommen hat und mit der Hand den Flaum abreibt.

Für ihre Mutter war die Schwester, die nachts schreiend im Bett hochfuhr, die Empfindsame.

Aber für Rosalind war es immer William.

Wenn Lizzie ganz Himmel war, waren sie und William die Erde.

Sie erinnert sich, wie ihr Vater sie nach dem Unfall ihres Bruders mit in die Mine genommen hat. Der jähe Fall nach unten. Das von schwarzen Felswänden tropfende Wasser und die furchtbare Hitze. Dann stoppte der Käfig. Überall Lichter. Und am Ende des Tunnels ein Büro mit einem Mann in Hemdsärmeln vor einem großen Verzeichnis, wie am Fahrkartenschalter im Bahnhof, und Männer, die sich eintrugen. »Das ist William Filwells Schwester«, sagte ihr Vater. »Sie wollte sehen, wo er gearbeitet hat.«

Zum ersten Mal fühlt sie sich von einer noch tieferen Schwärze umgeben. Ihr Bruder steht hinter ihr, aber sie kann ihn nicht hören. Als ob sich eine Glasglocke über sie gesenkt und sie zum Schweigen gebracht hätte.

Viel zu lange hat man ihr den Mund verboten, sagt sie sich. Es war die Art von weiblicher Passivität, die einen innerlich vergiftet, wenn man erst einmal in das Schweigen eingewilligt hat. Und dennoch steht sie kurz davor, einen Mann zu heiraten, der zwar durchaus anständig, aber wie die anderen darauf aus ist, ihr den Mund zu verbieten.

Beim Picton Viehmarkt nimmt der Zug Fahrt auf, verlangsamt aber vor einem Bahneinschnitt jäh das Tempo.

Clarence Dowter klärt die Mitreisenden bereitwillig über den Grund auf, den er vom Zugführer höchstpersönlich erfahren hat. Jim, sagt er mit seiner trockenen Stimme, müsse hier besonders vorsichtig sein, da der Schnellzug in der letzten Woche von einer dreißig Zentimeter hohen Sandschicht aufgehalten worden sei, die der Wind über die Gleise geweht habe.

Rosalind dreht sich um und blickt über den Rand des Waggons nach unten, aber nur, um Mr Dowter und seinen kleinen grauen Augen zu entkommen.

Sie sieht die Sandhaufen neben den Gleisen und die kunstvollen, wie Spitzenmuster verlaufenden Wege der Sandkäfer auf der Jagd nach Nahrung und denkt an das Hochzeitskleid ihrer Cousine Louise, die jetzt in einem winzigen Zimmer in der Beryl Street lebt, während ihr Mann in Ägypten kämpft.

Rosalind hat sämtliches Geld, das sie für ihr eigenes Kleid gespart hat, in Güls Eiscreme investiert. Plötzlich empfindet sie Überdruss. Sie hat eine Postkarte von einem

Afghanen bekommen, von der ihre Eltern und Oliver nie erfahren haben.

Die Muster erzittern und verschwinden. Stattdessen spürt sie Olivers Arm, der fest gegen ihren Oberschenkel drückt. Sie sieht die wie Schlangen über seinen Handrücken verlaufenden Äderchen und denkt an Güls Hand und wie sie ihr Taschentuch darum gewickelt hat – eigentlich das Taschentuch ihrer Großmutter – und dass er es noch nicht zurückgegeben hat.

Ihre Handflächen schwitzen. Sie spürt ihn unter ihrer Haut. Den nach innen wachsenden Docht ihrer nicht entflammten und vielleicht nie zu entflammenden Leidenschaft für Oliver. Eingetaucht in den Schatten seiner Hutkrempe, ist er nicht die Antwort auf irgendein Geheimnis.

Ihre Gedanken jagen wild durcheinander die Böschung hinauf und hinab. Der Zug wird schneller. In wenigen Momenten wird er auf ein offenes Meer aus gebrannter roter Erde hinausfahren, mit perlmuttglänzenden Muscheln und Fischen und lange ausgestorbenen Seeungeheuern, aber Rosalind zieht sich bereits in ihr eigenes Hochland zurück, wo es Sturzbäche regnet und weit und breit jeder Baum und jeder Strauch abgeholzt und verfeuert wurden; eine kahle und öde Fläche, in die sich auch Olivers rotblonder Schopf einmal verwandeln würde.

Als der Zug an der Kalkbrennerei vorbeifährt, hat Rosalind entschieden, was sie Oliver Goodmore sagen wird.

Der Bahneinschnitt ist der ideale Ort für einen Hinterhalt, was als Beweis für Güls militärische Erfahrung angeführt werden wird. Wegen der Kalkbrennerei hat keiner der Reisenden einen ungehinderten Blick auf die Strecke. Erst als der Zug in die Kurve einbiegt, erblicken die Fahrgäste der einzelnen Wagen nacheinander die osmanische Flagge.

Lawrence Freer, der Heizer, sieht vom Führerstand aus ein rotes Leinentuch über einem weißen Wagen flattern. Sein erster Gedanke ist: Da sprengt jemand unbrauchbare Munition in die Luft. Doch er verwirft den Gedanken sogleich. Niemand würde sich am Neujahrstag mit einem Pulvermagazin hinauswagen.

Der Wagen steht nahe bei den Gleisen, auf der anderen Seite des Grabens, durch den die Wasserleitung verläuft. Der Zug kommt näher. Freer liest den Schriftzug auf dem Wagen und entspannt sich.

»Die sind ein bisschen spät dran mit ihrem Eis«, sagt er zum Lokführer.

Jim Nankivell lächelt. »Ich glaube, da hofft ein armer Schlucker auf ein gutes Geschäft.«

Im Vorbeifahren sieht Nankivell, dass auf dem roten Tuch eine Art Zeichen aufgestickt ist. Eine leichte Windbö kräuselt den Stoff.

In dem Moment erscheinen zwei weiße Schemen, dann sieht er dunkle Gesichter und Gewehrmündungen über dem Grabenrand, und er hört zwei Schüsse. Eine Kugel schlägt in den Boden und spritzt Sand gegen den Kessel.

Die zweite Kugel trifft den Bremswagen und bleibt im Holz stecken.

Ralph Axtell sitzt mit dem Bürgermeister und dem Sekretär des Manchester Order of Oddfellows im Bremswagen.

»Was ist das?«, fragt der Bürgermeister.

»Vermutlich die Deutschen«, ruft Axtell, der seine Rückkehr nach Melbourne auf den Tag nach dem Picknick verschoben hat.

Die Deutschen! In Broken Hill! Alle müssen lachen. Sie glauben, ein paar Steinchen seien gegen den Wagen gesprungen.

Die beiden Männer mit dem Turban auf dem Kopf feuern weiter auf den Zug. Zwischendurch tauchen sie in den Graben hinab, um nachzuladen oder um Deckung zu suchen, falls jemand zurückschießen sollte. Aber es schießt niemand zurück. Keiner ahnt, was da vor sich geht.

»Hurra!«, ruft jemand, als ein weiterer Schuss fällt.

Jabez Herring, Clarence Dowters Stellvertreter im Gesundheitsamt, sucht durch seine goldgefasste Brille den Horizont ab, kann aber nichts entdecken. »Die schießen nur mit Platzpatronen«, beruhigt er seine Frau.

Im nächsten Moment steigen zwei rote Staubwolken auf.

Miss Pollock in ihrem orangefarbenen Kleid fühlt sich bemüßigt, sich über den Wagenrand zu lehnen und mit ihrer Lehrerinnenstimme in die Landschaft zu rufen: »Schluss mit dem Theater, sonst wird noch jemand verletzt!«

Zwei Mädchen in Mary Brodribbs Wagen brüllen beim Anblick der beiden Männer mit den leuchtend weißen Turbanen und roten Jacken: »Frohes Neues Jahr!«

Mary lächelt, aber dann verfinstert sich ihr Blick bei dem Gedanken, Oliver könnte das Ganze arrangiert haben, um Rosalind mit Salutschüssen anlässlich ihrer Verlobung zu überraschen.

Neben Rosalind reißt Oliver den Kopf in die Höhe.

»Was zum Teufel?«, ruft er und springt hoch. Auf der rechten Seite sieht er eine Kuh und überlegt, ob irgendein Idiot auf das Tier schießt. Im gleichen Moment entdeckt er Tom Blows, der die Wasserleitung entlangrast, das runde Gesicht durch einem Lederhelm geschützt. Das sind Fehlzündungen von Toms Maschine!, denkt er. Er reißt den Hut vom Kopf und schwenkt ihn in der Luft. Zu seiner großen Freude bemerkt er die kleine Tasche mit Toms Kameraausrüstung, die vorne zwischen den Lenker gespannt ist. Auch wenn er das Problem nicht behoben hat, sollte Tom es mühelos bis Silverton schaffen. Tom will die Wettläufe am Nachmittag fotografieren. Im Gegenzug für die Reparatur seines Motorrads hat er Oliver angeboten, anschließend ein gemeinsames Porträtfoto von Oliver und Rosalind zu schießen.

Clarence Dowter springt als Nächstes auf. Er erkennt

zwei Männer, lang ausgestreckt auf der Böschung des Grabens, durch den das verläuft, was der Gesundheitsinspektor zunehmend als sein Lebenswerk betrachtet: die von ihm vor zehn Jahren gelegte Wasserleitung, die pro Stunde mehr als 300 000 Liter Wasser vom Fluss in Umberumberka nach Broken Hill transportiert. Er vermutet, dass es einen Defekt an der Leitung gibt – vielleicht eine undichte Stelle – und die Männer sich darum kümmern.

Lizzie drückt sich gegen die Seitenwand und winkt mit dem Pfirsich, den sie gerade isst. Sie zeigt mit der Hand auf ihren geliebten Eiswagen. Sie möchte, dass der Zug anhält.

Rosalind, die langsam aus ihrer Abwesenheit erwacht, steht auf und schiebt sich zwischen Oliver und seinen Onkel. Auch sie glaubt im ersten Moment, das Knallen stamme von dem Motorrad. Aber sie ist verwirrt durch den weißen Wagen. Er ist nicht weit gekommen, seit sie ihn vor fünf Stunden zuletzt gesehen hat, vor ihrem Fenster in der Rakow Street, und obendrein steht er so, als wollte er zurück in die Stadt. Ist ein Rad gebrochen? Gül müsste längst in Silverton sein. Sie fühlt einen Stich bei dem Gedanken, dass er einen Großteil der Kundschaft verpassen wird.

In diesem Augenblick erblickt Rosalind die gelbe Mondsichel, die aussieht wie eine Banane, und einen Stern.

Sie sieht sich um. Das Pferd steht allein unter einem Baum. Keine dreißig Meter vom Zug entfernt liegt der

Metzger von Ghantown auf dem Bauch. Und zehn Meter daneben auf der Böschung kauernd – Gül.

Ihre Turbane sind schneeweiß, beinahe wie Eiscreme.

Der Zug bringt sie ihnen entgegen.

Plötzlich zuckt Oliver zusammen. »Runter, Rosalind!« Er packt sie am Arm, aber sein Griff ist ihr unangenehm.

»Ich gehe nicht runter.«

Trotzig hebt sie ihre rechte Handfläche, um Gül auf sich aufmerksam zu machen.

Hinter ihr drückt Mrs Lakovsky ihre Kinder auf den Boden. »Ivan!«, brüllt sie. »Ivan!«

Etwas früher an diesem Morgen, kurz nach neun Uhr, hat Gül zwei Pferdedecken über der Leitung im Graben ausgebreitetet. Er und Molla Abdullah setzen sich darauf und warten über eine Stunde. Als sie die Gleise erbeben hören, springen sie auf. Gül schießt auf den Zugführer und verfehlt ihn. Molla Abdullah schießt auf den Heizer, trifft aber ebenfalls nicht.

Während sie sich bücken und nachladen, betet Gül erneut zu Allah, sein Opfer anzunehmen. Dann hebt er seine Flinte und zielt auf die Reihe der Passagiere, die aufgestanden sind.

In weißen Hemden und Hüten starren sie in der brütenden Hitze über den Rand der Wagen – lauter Ungläubige, die darauf warten, abgeknallt zu werden.

Gül feuert, lädt nach, feuert noch einmal und scheucht

einen Schwalbenstar aus einem Akazienbusch. Er springt aus dem Graben und wirft sich neben Molla Abdullah auf die Böschung.

Mit gespreizten Beinen robbt Molla Abdullah vorwärts. Er hat bisher lediglich kranke Tiere mit einer Pistole getötet und ist den Rückstoß nicht gewohnt. Welch leichtes Ziel die glotzenden Frauen in ihrer lächerlichen Kleidung abgeben. Aufgereiht wie die Kaninchen in ihren dünnen Baumwollkleidern, oder wehrlos wie die Ziege, die er unterwegs auf seinen vierwöchigen Reisen als fliegender Händler nach Corona schlachten muss, wenn er Frischfleisch braucht.

»Rabbana inna aamanna, fa ighfir lanaa thunubanaa wa qina athaab el naar …«

Molla Abdullah beendet das *istighfar dua,* mit dem er Allah um Vergebung bittet, und feuert.

Im zweiten Waggon fällt Jabez Herring wie ein Mantel vom Haken. Seine Brille fliegt vom Gesicht und rutscht scheppernd über den Boden. Über ihm greift ein Bruder von Mrs Herring nach dem Schlapphut, den sie sich ums Kinn gebunden hat, und zieht sie daran zu Boden.

Molla Abdullah lädt nach. Ein weiterer Waggon rumpelt langsam vorbei.

Er hebt das Gewehr an seine Schulter und zielt auf einen Mann, dessen Arm in einer weißen Schlinge ruht und den er sofort als den Fahrer des Milchwagens identifiziert, der mit seinen Kamelen zusammengestoßen ist. Es war nicht

Molla Abdullahs Fehler, dass der Milchmann nie die Zügel festhielt. Und es ist der Mann, dessen Haus er nach dem Sandsturm freigeschaufelt hat!

Der Metzger will gerade auf Albert Filwell schießen, als er von Clarencer Dowter abgelenkt wird, der ihn anblickt, als wollte er zu einem neuen Verhör ansetzen. Molla Abdullahs Augen ruhen wie schwarze Opale in seinem frisch rasierten Gesicht. Wenn er den Gesundheitsinspektor erwischen könnte, der jetzt seinen Hut vom Kopf genommen hat …

Unvermittelt schwenkt er das Korn von Rosalinds Vater auf Dowters Gesicht.

Im gleichen Moment bemerkt Gül Oliver Goodmore. Er versucht, seine Wut zu unterdrücken, bittet Allah um eine ruhige Hand und legt an.

Es knallt zweimal laut hintereinander.

Eingezwängt zwischen Oliver und seinem Onkel, spürt Rosalind einen Schlag, gefolgt von einem Hitzeschwall.

Lizzie lässt ihren Pfirsich fallen. Er rollt unter die Bank, sodass Sand und Schmutz daran hängenbleiben. Sie springt hinterher, um ihn wiederzuholen, betrachtet das saftige Fleisch, in dem Steinchen und Erdbrocken stecken, und beginnt zu zittern.

Oliver hingegen begreift, dass sie gerade beschossen werden. Er dreht sich zu Rosalind, die vornüber gesackt ist. Als er stützend seinen Arm um sie legt, sieht er Blut an seinem Handgelenk. Er fasst sie an der Schulter und lässt sie auf den Boden des Wagens herab. Noch nie ist sie ihm so entspannt und vertraut vorgekommen wie jetzt, wo sie schlaff in seinen Armen liegt.

Sie sieht ihn mit erstauntem Blick an.

Er starrt mit weit offenem Mund zurück. Ein Stück aus ihrer Stirn fehlt.

»Rosalind …«

»Aber ich …« Ihre Stimme klingt, als käme sie nicht aus ihrem Inneren, sondern von ganz woanders.

Der Zug fährt noch ein Stück weiter, während der Lokomotivführer und der Heizer diskutieren, was sie tun sollen. Jim Nankivell sieht weiter vorn im Bahneinschnitt Leute. Warten noch weitere Angreifer entlang der Bahnstrecke?

Molla Abdullah kniet auf dem Boden und feuert. Er scheint auf Jack Crossing zu zielen, ein Hilfsschaffner im letzten Wagen, der herabspringt und wegrennt.

Gül hat aufgehört zu schießen. Er steht auf den Gleisen und sieht dem kleiner werdenden Zug hinterher. Er weiß, dass die für Oliver Goodmore und Clarence Dowter bestimmten Kugeln ihr Ziel verfehlt haben. Sein Schrei, als ihm klarwurde, wen sie getroffen haben, hat Molla Abdullah glauben lassen, Gül selbst sei erwischt worden.

Gül hat Rosalind zu spät erkannt. Er sieht immer noch, wie sie ihm zuwinkt.

Im grellen Licht wird die ganze Panik im Erzwagen offenbar. Kinder blinzeln aufgeschreckt in den Tumult über ihnen. Mit Krampfadern überzogene Beine strampeln unter Röcken. Der Boden ist plötzlich übersät mit Hüten und Sonnenschirmen. Alle brüllen durcheinander.

Mrs Rasp hat sich in einer weißen Wolke, aus der ein roter Fleck hervorquillt und sich über den Stoff ihres Kleids rasch bis zur Taille ausbreitet, auf die Bank sinken lassen. Unter ihrer cremefarbenen Haube scheint sie eine Sturmmütze zu tragen. Die untere Gesichtshälfte ist mit dem Blut ihres kräftigen Kiefers verschmiert, der von einem Knochensplitter aus Rosalinds Schädel getroffen wurde. Blut tropft aus ihrem Mund auf Rosalinds Weidenkorb und sammelt sich am Boden zu einem Rinnsal.

Ihr Stöhnen vermischt sich mit dem von Mrs Lakovsky, in deren linker Schulter ein großes gezacktes Loch klafft.

Zwischen den Tritten, Schreien und dem gegenseitigen Zu-Boden-Zerren ragt allein Clarence Dowter unversehrt aus dem Getümmel. Er steht gegen die Wand des Wagens gelehnt und starrt ernst und angespannt wie jemand, der gerade die Haare geschnitten bekommt. Aufrecht und unnahbar, als sähe er in einem Spiegel erstmals die Konturen seines eigenen Schädels, scheint er seinen Blick nicht von dem Graben lösen zu wollen, in dem seine Wasserleitung verläuft und von dem aus sie offenbar angegriffen werden.

Hinter dem steifen Rücken des Gesundheitsinspektors

scheint Mrs Kneeshaw sämtliche Kraft zusammenzunehmen, um ihr jüngst absolviertes Rotkreuztraining in die Praxis umzusetzen. Sie bückt sich zu Mrs Rasp hinunter, macht sich ein Bild von ihrer Verletzung und wischt vorsichtig mit einem Taschentuch über ihren Kiefer. Dann geht sie zügig weiter und dreht aus ihrem Schleier eine Schlinge für Mrs Lakovskys Schulter.

Aber Rosalind Filwell benötigt am dringendsten Hilfe.

Ihr Vater versucht vergeblich, ihr Gesicht zu beschatten. Ihre Mutter streichelt und drückt ihr beide Hände.

Als der Zug bei Tramway Dam zum Stehen kommt, dreht Clarence Dowter sich um.

Irgendeine Kraft hat Lizzies Augen nach innen verdreht. Sie zuckt und würgt und reibt sich heftig über die Stirn, als erlitte sie einen epileptischen Anfall.

Clarence Dowter sieht herab auf die halb entblößte Mrs Kneeshaw. Und er sieht seinen Neffen Oliver, der Rosalinds zerfetzten Kopf hält, ein Anblick, den er bis zu seinem Tod sieben Jahre später in Kogarah nicht vergessen wird.

Mrs Kneeshaw hat ihren Petticoat in lauter Streifen zerrissen. Sie ignoriert Lizzies Schreie und Zuckungen und schiebt Oliver zur Seite, um Rosalinds Wunde zu verbinden. Der hintere und obere Teil von Rosalinds Kopf ist praktisch weggeschossen, und ihr Hirn tritt hervor.

Rosalind glaubt, der Afghane lege so zärtlich den weißen Baumwollstreifen um ihre Schläfe.

Sie spürt ein gleißendes Licht. Die Sonne ist eine Grubenleuchte, die sich auf sie herabsenkt.

»Goo…«

»Ich bin hier. Ich bin bei dir.« Olivers Schatten fällt wie Blei auf ihre Bluse.

»Ich weiß nicht, warum … ich …«

Blut läuft aus ihrem Mund, aber sie möchte etwas sagen.

Während Mrs Kneeshaw so gut es geht Rosalinds Stirn verbindet, ist Jack Crossing, der Hilfsschaffner, die Gleise entlang zum Wasserspeicher bei Tramway Dam geflitzt, wo er im Pumpschuppen ein Telefon findet. Er dreht die Kurbel und wartet auf eine Antwort.

Gegenüber vom Friedhof sind zwei weitere Schüsse zu hören.

In Broken Hill nimmt der Bahnhofsvorsteher den Hörer ab.

Crossing keucht ins Telefon, dass der Picknickzug der Manchester Union von Soldaten beschossen wird, die die türkische Flagge gehisst haben, und dass mehrere Fahrgäste getötet oder verwundet sind und sie bewaffnete Unterstützung brauchen.

Die Nachricht wird an Sergeant Sleath auf der Polizeistation weitergeleitet.

Um 10.45 Uhr fährt Pastor Cornelius Hayball mit Mrs Stack, die er vor ihrem Laden abgeholt hat, in seinem schnittigen Ford die Argent Street entlang. Sie sind auf dem Weg nach Silverton, als der Polizist den Wagen anhält.

»Sie müssen diese vier Männer zum Freiberg Arms Hotel bringen.«

Die Männer steigen ein. Sergeant Sleath springt in einen zweiten Wagen. Die beiden Fahrzeuge, in denen sich insgesamt zehn bewaffnete Polizisten befinden, jagen im Konvoi in Richtung West Broken Hill, während Mrs Stack auf dem Bürgersteig zurückbleibt.

Aus der Menschenansammlung vor der Polizeistation, zu der minütlich neue schockierende Gerüchte durchdringen, wird spontan eine Truppe von fünfzig Männern zusammengestellt. Zunächst rekrutiert sie sich aus Mitgliedern des Barrier Boys' Brigade Rifle Club, aber schon bald wird jeder taugliche Freiwillige genommen, der eine Waffe besitzt und sie einmal ausprobieren möchte.

Man kontaktiert den Militärkommandeur vor Ort. Major Sholto Sinclair-Stanbrook vom neu aufgestellten 82. Infanteriebataillon ist gerade auf den Weg zum Jockey Club, um die Pferderennen zu verfolgen, als sein Adjutant aus dem Haus gerannt kommt und sagt, er werde am Telefon verlangt.

Aufgrund seines »passenden Aussehens« zum Kommandeur ernannt, willigt Major Sinclair-Stanbrook in Sergeant Sleaths Bitte ein, seine Männer zu mobilisieren. Da Neujahrstag ist und die meisten Männer des Bataillons dienstfrei haben, ergeht an jeden Soldaten, der sie zufällig hört, die Order, sich binnen zehn Minuten vor dem Versammlungssaal der Barrier Boys' Brigade in der Oxide Street einzufinden.

Jeden Gedanken an das Pferderennen verdrängend, spricht Major Sinclair-Stanbrook die Verunsicherung an, die viele empfinden: Haben sie es mit Verrückten oder mit gut ausgebildeten Einheiten zu tun? Wenn Letzteres zutrifft, woher kommt der unerwartete Feind – die Bergarbeiterstadt liegt fast fünfhundert Kilometer von der Küste entfernt. Und wenn die Deutschen oder ihre türkischen Verbündeten tatsächlich bis Broken Hill ins Landesinnere vorgedrungen sein sollten, wie stark sind sie zahlenmäßig?

Oliver nimmt den Schuss nicht wahr, der Tom Blows tötet, als dieser mit knallendem Auspuff auf den Eiswagen zufährt. Sein Motorrad schlittert über den Boden, während die Kameraausrüstung durch die Gegend fliegt, und bleibt neben dem Graben liegen.

Der Zug ist hinter der Bahnschneise verschwunden, als die beiden Männer aufstehen und zu der Stelle gehen, wo Blows verkrümmt im Sand liegt. Molla Abdullah hat ihn zwischen die Schultern getroffen.

Molla Abdullah stößt den Körper mit dem Fuß an, um zu sehen, ob er noch Lebenszeichen zeigt. Gül bückt sich und hebt eine aus der Kameratasche geschleuderte Linse vom Boden auf. Er sieht hindurch – mit seinen entzündeten Augenrändern sieht er aus wie ein streunendes Kamel – und wirft sie fort. Molla Abdullah sagt, in Kürze würden bewaffnete Männer sie verfolgen und sie müssten von hier fort. Gül nickt abwesend. Es kann nicht sein. Er sieht immer noch ihre weiße Handfläche, die ihm zuwinkt.

Gül geht zum Eiswagen und nimmt die Flagge herunter. Dann verlassen sie ihre Stellung über der Wasserleitung, ihr Pferd und ihren Wagen und trotten zu Fuß zurück nach Broken Hill.

Sie laufen in Schlangenlinien durch eine steinige, baumlose Wüste, gesprenkelt von windzerzauster, geschwärzter Vegetation, von Schädeln aus Flaschenkürbissen und Stachelbeergurken, und erinnern in ihren Khakimänteln und Turbanen an zwei Schafhirten aus dem Heiligen Land. Molla Abdullah hat sein Gewehr über die Schulter gehängt, Gül trägt seines und die rote Flagge in der Hand. Sie schleift hinter ihm über den Boden und scheint eins mit der roten Erde zu werden.

Schon bald erreichen sie die ersten verstreuten Häuser am westlichen Stadtrand.

Der alte Phil Deebles, ein pensionierter Streckenarbeiter, sieht sie als Erster. Er streicht gerade einen Lattenzaun und weiß nichts von dem, was geschehen ist. Leutselig schwenkt er seinen Pinsel und ruft den beiden Männern zu: »Hier werdet ihr nicht viel vor die Flinte bekommen.«

Gül sieht ihn an und geht weiter.

Terence Riley, ein siebzigjähriger Klempner mit einem schwarzen Bart wie ein Spaten, steht in der Tür, als sie vorbeikommen. »Lasst das Ballern lieber sein«, grummelt er, »hier laufen überall Kinder herum.«

Ohne Warnung heben beide Männer ihr Gewehr. Der Klempner schließt die Tür, aber sie schießen ihm durch die Tür in den Unterleib. Die Hände gegen den Magen gepresst, stolpert er aus der Hintertür und steigt mühsam den steinigen Hang zum Freiberg Arms Hotel hinab.

Sie ziehen weiter am West Camel Camp nördlich der Kaolin Street vorbei, wo mehrere indische und afghanische Kameltreiber leben. Badsha Khan melkt gerade eine Ziege vor seiner Hütte. Gül schießt in seine Richtung und brüllt: »Bleib bloß, wo du bist, oder ich knall dich ab«, und feuert ein zweites Mal.

Nahe des Freiberg Arms Hotel sieht Sergeant Sleath zwei Gestalten den Kamm entlang laufen. Er fährt auf sie zu, um zu fragen, ob sie den Feind gesehen haben. Der Wagen nähert sich holpernd, als die beiden Männer sich auf den Boden knien und feuern. Constable Torpy steigt aus, um das Feuer zu erwidern, und wird zweimal in der Leiste getroffen. Ausgestreckt liegt er im Schatten der weit geöffneten Tür des Fords und flucht.

Gül und Molla Abdullah steigen auf die Spitze des Hügels und suchen Deckung hinter einem Vorsprung aus weißem Quarzgestein. Kurz darauf ragt etwas zwischen den Felsen empor. Es ist ihre Flagge, die sie an einem toten

Ast festgebunden haben, ein leuchtend roter diagonaler Balken vor dem Blau des Himmels.

Als die beiden Wagen mit fünfzehn bewaffneten Männern am Wasserspeicher eintreffen, liegt Rosalind im Sterben.

Mrs Kneeshaw hat ihr den Kopf mit größter Vorsicht verbinden müssen, da ein Großteil des Schädelknochens fehlt und das Gehirn hervorquillt. Mit Rosalinds Hut verscheucht sie die hartnäckig einfallenden Fliegen.

»… Ich kann nicht … ich dachte … nein …« Es ist, als würde Rosalind im Schlaf reden.

Ihre Augen flackern. Sie hört ihre Schwester schreien.

Lizzies Stimme wird immer dünner – als käme sie von weit oben. Denn Rosalind stürzt jäh in die Tiefe. So wie damals, als sie mit ihrem Vater in einem Käfig einfuhr, um zu sehen, wo ihr Bruder gestorben war, und sie rasselnd, den Wind im Gesicht spürend, in ein riesiges Gewölbe glitzernder Stecknadelköpfe, in eine Dunkelheit funkelnder Bleikristalle oder Sterne hinabsank.

Oliver beugt sich über sie und sieht sie an. Er ist nahe bei ihrem Gesicht. Sie kann seinen Atem riechen, ein schwacher Pfirsichduft.

»Gool …«

»Ros …«

»… verzeih mir.«

Ihr Blick wird glasig, und ihr zerschmetterter Schädel kippt zur Seite.

Gül und Molla Abdullah haben eine gute Verteidigungsstellung gewählt. Die Polizisten, als dunkle Punkte auf den kahlen Hängen unter ihnen leicht auszumachen, sind schutzlos und unorganisiert.

Sergeant Sleaths erster Versuch, die beiden Männer vom Hügel zu vertreiben, wird mit entschlossenen »Allahu Akbar!«-Rufen und lebhaftem Gewehrfeuer beantwortet. Eine Kugel sprengt ein Stück von dem Felsen weg, hinter dem Sergeant Sleath Schutz gesucht hat. Ein weiterer Querschläger tötet Ern Pilkinghorne, der in seinem Hof Holz hackt; der taube, unerschütterliche Veteran von Pongola Bosch hat nichts von dem Kampf mitbekommen.

In der Stadt ist die anfängliche Schockstarre in Angst und dann in Wut umgeschlagen. Tom Blows Leichnam hat man am Bahneinschnitt geborgen – auf dem Kopf noch der Lederhelm, die Ohren über dem Kinnriemen rot verbrannt von der Sonne. Ebenso den von Jabez Herring. Sein kupferfarbenes Haar ist blutverklebt, und aus seinem Rücken quillt ein Teil seiner Eingeweide.

In der Argent Street drängeln sich Waffen schwingende Männer.

»Diese verfluchten Schweinehunde!«

»Solange die frei herumlaufen, sind wir nicht sicher!«, brüllt ein anderer.

Der Korrespondent des *Barrier Miner* bemerkt, dass der Mob in seinem verzweifelten Entschluss, dem Henker die Arbeit abzunehmen, nicht bereit zum Einlenken sei.

Um 11.30 Uhr zieht ein Tross Männer zum Freiberg Arms Hotel, um Sergeant Sleath zu verstärken. Sie kommen im Auto, zu Fuß, mit dem Jauchewagen und jeder Art von Fahrzeug, das sie auftreiben konnten. Alle wollen sie einen Feind zurückschlagen, den niemand erwartet hat.

Die weißen Felsen befinden sich auf einer Anhöhe, keine 300 Meter vom Hotel entfernt. In einem weiten Kreis um die Hügelspitze kauern vierzehn Polizisten; dreiundvierzig Freiwillige des Rifle Club; dreiunddreißig Passagiere des Picknick-Zugs – einige immer noch in hellen Leinenanzügen –, darunter auch Roy Sleath und Alf Fiddaman, die zwischendurch nach Hause gerannt sind und die Gewehre ihrer Väter geholt haben, sowie dreiundfünfzig Angehörige des 82. Infanterie-Bataillons unter dem Kommando von Major Sinclair-Stanbrook.

Der Kampf dauert zwei Stunden und fünfzig Minuten. Dennoch scheint er sich furchtbar lange hinzuziehen. Der Frage, wie zwei Männer, die beide keine besonders guten Schützen sind, einen schwer bewaffneten und zuletzt mehrere hundert Mann zählenden Gegner in Schach halten können, mag niemand gerne nachgehen. Gleichwohl herrscht allgemeine Übereinstimmung, dass jeder einzelne Teilnehmer der angreifenden Partei heldenhaft auftritt.

Major Sinclair-Stanbrook ist überzeugt, die Position der Türken durch den schwarzen Mündungsrauch bestimmen zu können. Er kennt die Gefechte des Spanischen

Unabhängigkeitskriegs in- und auswendig. Buçano, Vimeiro. Das hier war Salamanca. Er ist Wellesley. Nachdem er die Lage eingeschätzt hat, steht er auf – breite Schultern, Adlernase, eine Narbe auf der Wange von der Begegnung mit einem Nagel – und fordert sie mit fester, achtungsgebietender Stimme auf, sich zu ergeben. »Kommt mit erhobenen Händen heraus. Wir haben euch umzingelt.«

Zwei Kugeln schlagen vor seinen Füßen in den Boden. In Deckung gehend hört er einen heiseren Schrei: »Fahrt zur Hölle, Australier!«

Zwei Bergleute haben Dynamitstangen mitgebracht, um sie wie Handgranaten zu schleudern, aber weitere Kugeln treiben sie zurück.

Für einen Augenblick herrscht Stille. Die Sonne brennt senkrecht herab, als wäre sie am Himmel festgeklebt. An den Hängen flimmert die Hitze. Die Luft riecht nach Schießpulver, wie nach einem Feuerwerk.

Dann hört man von hinter den Felsen Gesang. Die beiden Männer haben kein Wasser. Ihre krächzenden Gebete hallen über das Schlachtfeld.

»… la ilaha illa huwa wahdahu la sharika lah, lahu el mulk wa lahu al hamd wa huwa ala kulli shai'n qadir …«

Major Sinclair-Stanbrook späht vorsichtig über einen Holzstapel und sieht durch sein Fernglas ein dunkles Objekt zwischen den weißen Felsen flattern. Er befiehlt seinen Männern, darauf zu feuern.

Das Artilleriefeuer hält fünf Minuten lang an.

Das Echo der Schüsse wird hin und her geworfen. Felssplitter fliegen durch die Luft. Das rote Leintuch fällt zu Boden, nachdem der Ast von einer Kugel durchschossen wurde.

Molla Abdullah springt mit dem Ruf »... *la ilaha illa Allah* ...« hinterher. Er klettert auf der Rückseite über die Felsen hinab, bleibt dann stehen, das Gewehr fest umklammernd, und starrt verzweifelt auf seine Fahne.

Major Sinclair-Stanbrook ist einen Moment lang perplex, aber Sergeant Sleath bellt: »Feuer! Feuer!«

Die Schüsse fallen gleichzeitig.

Molla Abdullah reißt die Arme in die Höhe, sackt zusammen und bleibt bewegungslos liegen.

Sergeant Sleath hat seine Munition verschossen. Geduckt eilt er hinter das Freiberg Arms Hotel, um Nachschub zu holen.

Gül spricht ein weiteres Gebet, als er Molla Abdullah fallen sieht.

»*Allahumma inni astaghfiruka li thanbi wa as'aluka rahmatuka ya Allah!*«

Die Haut unter seinen Augen wirkt eingefallen. Aber er hat auch jetzt keine Angst. Allenfalls um Rosalind, die als Ungläubige gestorben sein könnte.

Er zieht eine Patrone aus seinem Gurt und lädt nach. Noch zweiundzwanzig Patronen. Er wischt sich mit dem Turbanende über die Stirn und hebt das Gewehr.

Eine Stunde lang erwidert Gül das Feuer, dann werden seine Schüsse seltener und ungenauer. Anscheinend ist er schwer verwundet.

Kurz vor ein Uhr sieht man ihn aufstehen. Erschöpft und außer Atem hebt er schwerfällig beide Arme in die Höhe. Er trägt keine Waffe. Aber in einer Hand hält er etwas, das aussieht wie ein weißes Taschentuch. Jemand schießt auf ihn, doch die Kugel verfehlt ihr Ziel. Er drückt sich flach gegen einen Felsen, sieht sich um und verschwindet dann dahinter.

»Glauben Sie, er will sich ergeben?«, fragt Sergeant Sleath.

»Nein«, erwidert Major Sinclair-Stanbrook. Seine Kiefernmuskeln treten hervor.

Als kein weiterer Schuss mehr fällt, schickt Major Sinclair-Stanbrook zwölf Männer in offener Linie vor. Sie nähern sich von links und erklimmen den Hang in einer Folge hastiger Vorstöße von etwa zwanzig Schritt, jederzeit bereit anzulegen.

Als sie den Gipfel erreichen, fallen mehrere Schüsse hintereinander, bevor Sergeant Sleath brüllt: »Feuer einstellen!«

Ein Mob aus Polizisten, Soldaten und Zivilisten stürmt den Hang hinauf. Oben finden sie im Abstand von wenigen Metern zwei Männer mit Turban bewegungslos auf dem Boden liegend. Wie verwilderte Rinder bewegen sie sich trottend vorwärts, um die beiden Leichen zu untersuchen.

Molla Abdullah, sein Gewehr fest umklammernd, hat einen Schuss zwischen die Augen bekommen. In Güls Körper stecken sechzehn Kugeln – in der Brust, dem rechten Unterarm und der linken Hüfte. Die Finger seiner linken Hand sind zerrissen, die rechte Hand ist verwundet und mit einem dreckigen, blutverschmierten Taschentuch umwickelt.

Sergeant Sleath bemerkt ein leichtes Zucken. Gül hat die Augen geöffnet und versucht zu sprechen. Man hält eine Wasserflasche an seine Lippen. Es ist kaum noch bei Bewusstsein, aber er lächelt, als hätte er die Person wiedererkannt, die sich aus der flimmernden Hitze zu ihm herabbeugt, und als hätte er sie sogar erwartet.

4

Wochen später schlägt der Direktor der Berzelius Bleihütte im sächsischen Freiberg die *Leipziger Volkszeitung* auf und liest:

> *Mit Freuden vermelden wir einen Erfolg unserer Truppen in Broken Hill, einer Hafenstadt an der australischen Westküste. Einheiten nahmen australische Soldaten unter Feuer, die mit dem Zug auf dem Weg zur Front waren. Die Verluste des Feindes betrugen 40 Tote und 70 Verwundete. Auf unserer Seite fielen zwei Türken. Die Eroberung von Broken Hill öffnet den Weg nach Canberra, der stark befestigten Hauptstadt Australiens.*

Nicht lange danach landen auf der türkischen Halbinsel Gallipoli 20 000 australische und neuseeländische Soldaten. Die Dritte Australische Brigade besteht größtenteils aus Bergleuten der Stadt Broken Hill. Eine Kugel aus dem Erz, das er selbst aus der Erde geholt hat, trifft Reginald Rasp am Kopf.

In Broken Hill, auf der anderen Seite der Erdkugel, ist

man bis zum Ende des Sommers damit beschäftigt, die verwickelten Geschehnisse jenes Freitagmorgens zu entwirren. Im *Barrier Miner* erscheinen eine Reihe Interviews mit Überlebenden, die eine Art Zusammenschau der Ereignisse ergeben. Doch jeder Überlebende erzählt eine geringfügig andere Geschichte. Nicht nur das, die Geschehnisse werden ständig zu einem neuen Bild verwoben, denn jeder Erzähler scheint die Fäden seiner Vorgänger aufzudröseln und zu einem neuen Muster zu verknüpfen, und mit jeder Wiederholung des Rituals verschwindet das Erlebnis aus der lebendigen Erinnerung und der Sprache.

Der Bestattungsunternehmer brachte den Sarg mit Rosalinds Leichnam zum Haus der Filwells in der Rakow Street, wo sich Mitglieder des Manchester Order of Oddfellows im Ornat eingefunden hatten, zusammen mit Vertretern des Interessenverbands der Milchbauern, einigen von Rosalinds Lehrern und der Belegschaft von Stack & Tyndall's. Eine ansehnliche Menge folgte dem Leichenwagen zum Friedhof, während die Kapelle der Heilsarmee *Nearer My God to Thee* spielte. An Rosalinds Grab stellten sich die Trauergäste hinter ihrer Schwester und ihren Eltern auf und sangen mit Pastor Cornelius Hayball aus voller Kehle *Sweet By and By* und *Safe in the Arms of Jesus.*

Hayball hielt eine kurze Ansprache, ein großer, dünner Mann mit Brille, die wackelig auf seiner Nase saß. »Niemand kann sagen, wann der goldene Lebensfaden durchtrennt wird. Niemand kann verstehen, warum diese Tragödie geschehen musste.« Er machte eine Pause und schnappte nach Luft. In seinem Innern fühlte er sich überwältigt von dem, was er an diesem entsetzlich heißen Nachmittag im Krankenhaus gesehen hatte. Nackte Leichen auf Tischen. Rosalind und Gül, Seite an Seite, sodass sich ihre Hände und Knie beinahe berührten. Und die schwitzende Gestalt von Dr. Large am Telefon, der versuchte, Leo Lakovskys Kühlhaus in der Blende Street zu erreichen, um Eisblöcke für die beiden Leichen zu ordern, bevor die Verwesung einsetzte, damit die Zeugen sie identifizieren und der Rechtsmediziner die Autopsie durchführen konnte. Hayball wusste der Trauergemeinde nichts anderes zu sagen, als dass Gott allwissend und seine Weisheit unendlich sei.

Sergeant Sleath hatte Rosalinds Bestatter gebeten, auch die »Türken« zu beerdigen, aber er hatte abgelehnt. Daraufhin beauftragte der Polizist einen städtischen Totengräber, im muslimischen Teil des Friedhofs von Broken Hill zwei Gräber auszuheben. Am Samstagabend begann der Mann damit, die Gräber in einer Ecke nahe des Zauns auszuheben, aber da er keine weiteren Anweisungen bekommen hatte, außer sofort anzufangen, legte er die Gräber im rechten Winkel zum Zaun an, ohne einen Gedanken daran zu verschwenden, in welche Richtung sie wiesen.

Am selben Abend zog ein Trupp Männer über die

westlichen Hügel, nachdem sie den German Club in der Delamore Street in Flammen gesetzt hatten. Als sie den grabenden Mann entdeckten, protestierten sie: Falls dies die Gräber für die beiden Türken seien, würden sie ihre Leichen wieder ausscharren. Der Totengräber warf sofort seine Schaufel zu Boden. Er wusste nicht, wessen Gräber er da schaufelte, aber wenn sie für »diese verdammten Türken« sein sollten, die auf feige Art Frauen und Kinder mordeten, würde er seine Arbeit nicht fortsetzen.

Die beiden unfertigen Gräber auf dem Friedhof, die nicht von Norden nach Süden, sondern von Nordwesten nach Südosten verliefen, blieben leer bis zum nächsten Sandsturm.

Über die Jahre deckte der Sand sie zu. Bis heute weiß niemand, wo die Leichen von Gül Mehmet und Molla Abdullah begraben liegen. Als hätte der Wüstenwind dieses seltsame und tragische Ereignis verweht, sodass jeder Hinweis und jede Erinnerung daran gelöscht waren.

Danksagung und Veröffentlichungsnachweise

Obwohl von den Ereignissen in Broken Hill am Neujahrstag 1915 inspiriert, ist dies eine fiktive Geschichte; die Charaktere sind größtenteils Geschöpfe der Imagination des Autors. Gül Mehmet und Molla Abdullah haben gelebt, aber über die Hintergründe ihrer Existenz ist nur wenig bekannt, und die überlieferten Informationen sind ungewiss und widersprüchlich. Mein Dank gilt Murray Bill, der mich auf ihre Geschichte aufmerksam machte und mich mit nach Broken Hill nahm; Brian Tonkin, Leiter des Stadtarchivs von Broken Hill; den Angestellten der Broken Hill Library und des Eisenbahnmuseums sowie Felix Ogdon. Zu Dank verpflichtet bin ich außerdem Christine Stevens, *Tin Mosques & Ghantowns: A History of Afghan Cameldrivers in Australia* (Oxford University Press, 1989). Das Zitat aus der *Leipziger Volkszeitung* ist Steve Packers Artikel »The odd angry shot« (*Sydney Morning* (x) *Herald*, 3. Januar 1998) entnommen.

x) im Archiv nicht gefunden